Le Soleil des Scorta   Laurent Gaudé

斯科塔的太阳

〔法〕洛朗·戈代 著   马振骋 译

人民文学出版社
PEOPLE'S LITERATURE PUBLISHING HOUSE

著作权合同登记号　图字 01-2018-5406

Le Soleil des Scorta
by Laurent Gaudé

图书在版编目(CIP)数据

斯科塔的太阳/(法)洛朗·戈代著;马振骋译.
—北京:人民文学出版社,2018
　(中经典精选)
　ISBN 978-7-02-014487-7

　Ⅰ.①斯… Ⅱ.①洛… ②马… Ⅲ.①中篇小说-法国-现代 Ⅳ.①I565.45

中国版本图书馆 CIP 数据核字(2018)第 189886 号

总 策 划　黄育海
责任编辑　卜艳冰　张玉贞
封面设计　王佳诗

出版发行　人民文学出版社
社　　址　北京市朝内大街 166 号
邮政编码　100705
网　　址　http://www.rw-cn.com

印　　刷　上海盛通时代印刷有限公司
经　　销　全国新华书店等

字　　数　124 千字
开　　本　890 毫米×1240 毫米　1/32
印　　张　8.25
版　　次　2019 年 3 月北京第 1 版
印　　次　2019 年 3 月第 1 次印刷

书　　号　978-7-02-014487-7
定　　价　49.00 元

如有印装质量问题,请与本社图书销售中心调换。电话:010 - 65233595

Novella

目　录

傍晚，我们沿着山岗走，

宁静笼罩四周。黄昏正在消失，

阴影中表兄一身白衣，气宇轩昂，

面孔黝黑，踏着平静的步子，

不声不响。沉默是我们的力量。

祖辈中必有人，不是超群的英才

便是不幸的疯子，形单影只，

教导后人这么深沉渊默。

恺撒·帕维兹（1908—1950），

《劳苦工作》中《南方水手》一诗

一　命运中的热石头

太阳的热量仿佛要把大地烤裂。没有一丝风吹动橄榄树的树叶。一切都一动不动。山岗的清香早已消散。石头热得在呻吟。八月的天气压着加加诺高地，无疑是一种天命。在这片土地上，无法相信以前曾有一天下过雨；水也曾灌溉过农田，使橄榄树喝饱过水。无法相信任何动物或植物可能——在这片干燥的天空下——找到过滋养的东西。现在下午两点钟，大地在受火的煎熬。

一头驴子在土路上慢慢走。忍气吞声转过道路的每个拐角。什么东西都摧垮不了它的顽固。不论是它呼吸的灼热空气，还是碰坏它的蹄子的尖石子。骑在驴背上的人像受到古代诅咒的一个影子。被热气熏得麻木鲁钝，任凭坐骑把他俩怎样带到这条路的尽头。牲畜正在履行自己的职责，带着无声的意志，向白天挑战。驴子没有力气加快步子，慢慢地，一米又一米，倒也跨越了几公里。骑驴的人在牙缝里嗫嚅几句，这些话也都在热气中蒸发了。"什么都摧垮不了我……太阳可以把山岗上的壁虎都杀死，我还坚持下去。我等待得太久了……土地可以吱吱响，我的头发可以烧起来，我走在路上，一直会走到底的。"

时间就这样过去了，处在一只把万物颜色都烧得发白的大火炉里。终于转过一个弯看到了海。"我们到了世界的尽头，"那人想，"十五年来我梦想着这个时刻。"

海在那边。像一潭死水，更是衬托出太阳的威力。这条路没有穿越过一座小村庄，交叉过任何一条其他的路，总是径直地往心里钻。看到这片不动的热得发光的海面出现，可以肯定这条路是走到头了。但是驴子还在走，准备要钻到海水里去似的，要是主人要它这样做，同样会慢慢地、锲而不舍地走下去。骑驴的人不动。他感到了一阵眩晕。可能是他记错了。眼前一望无际的是联成一片的山岗与海水。"我走错了路，"他想，"我早该看到村子了。除非它往后退了。是的，它大概感到我在走近，往后退到海里去了，让我走不到。我就是跳进海浪里，也不后退。走到头。往前走。我要报仇。"

驴子登上了那座仿佛是世上最后的山头。这时候他与它看到了蒙特普西奥。那人微笑了。整个小镇呈现在眼前。白色的村庄，房屋挨得很近，坐落在一个高高凌驾于平静海面的岬角上。在这样荒凉的景色中居然有人的存在，在驴子看来好像也很滑稽，但是它没有笑出来，继续走它的路。

当那人到了小镇边沿的最初几幢房屋时，喃喃地说："要是有个人在那里不让我过去，我就挥拳头揍他。"他仔细观察每个路角。但是很快放心了。他做出了正确的选择。下午这个时刻，村庄陷入死一般的寂静，街上阒无一人。护窗板关上。即使狗也看不见一只。这是午睡时间，即使地动山摇了，也不会有人冒险往外走。镇上流传一则传说，说有一天这个时刻，一个人从地里收工回家稍为晚了一点，穿过中心广场。就在走到房屋阴影里的那一会儿，太阳晒得他发了疯，仿佛阳光烧毁了他的脑袋。在蒙特普西奥，每个人都信这个故事。广场不大，不过这个时候试图穿越，无异于前去送死。

驴子和骑驴汉慢慢往上走。在这一八七五年，这里还是叫新街，后来才变成了加里巴尔第大道。骑驴汉显然知道他正在往哪儿去。没有人看见他。平时阴沟垃圾堆里爬满的瘦猫，他竟也没有撞见一只。他并不把他的驴子赶往阴影里走，也不想在一张凳子上坐下。他往前去。他的固执叫人提心吊胆。

"这里一切都没变，"他喃喃地说，"街道还是那么穷。房屋还是那么脏。"

这个时候，尚帕奈里神父看见了他。蒙特普西奥的本堂神父，大家都称呼他唐乔尔乔，他把自己的祈祷书忘记在挨着教堂给他当菜园的那一小块地里了。早晨他在那里工作了两小时，刚才想起肯定把书放在了工具房旁边的木椅子上了。他走出门，就像外面刮着暴风雨，卷缩身子，眯缝眼睛，叮嘱自己尽快做完，免得这身老骨头在毒日头下暴露太久。这时他看到驴子和骑驴汉经过新街。唐乔尔乔一怔，本能地画了个十字。然后他转身站到教堂沉重的木门后面躲太阳。最令人惊讶的是他没有想到发出警告或者呼唤陌生人，问他是谁，要干什么（外来的人是不多的，唐乔尔乔叫得出每个村民的名字），而是回到小室内一点也不去想它了。他躺下，打盹，夏季的午睡是连个梦也不做的。他在骑驴汉面前画十字，好像是要驱散一个幻象。唐乔尔乔没有认出吕西亚诺·马斯加尔松。他怎么会认出他来呢？那个人早已没有从前的模样了。他有四十来岁，但是他的两腮瘪得像个老头儿。

吕西亚诺·马拉加尔松在这个沉睡的古镇小路上逛。"真有些年头了，但是我还是回来了。我在这里，你们还不知道吧，既然你们睡着了。我沿着你们的房屋门前走，我在你们的窗子下经过，你们什么还都没料到。我在这里，我来收我的债。"他逛着，直到他的驴子停下，蓦地停下。这头老驴子仿佛一直知道它应该来的是这里，也是在这里它跟烈阳的斗争宣告结束。它一下子停在比斯科蒂家门前，再也不走了。那个人身手矫健地跳到地上，敲门。"我又到了这里，"他想，"十五年刚刚一晃而过了。"无尽的时间过去了。吕西亚诺正想去敲第二次，门轻轻开了。站在他面前的是一位四十来岁的妇女，穿了晨衣。她长时间盯着他看，不说什么。面孔上没有显露任何表情。不害怕，不快乐，不惊讶。她盯着他的眼睛看，好像要掂量接下来的事是什么。吕西亚诺没有动。他像在等待妇女发出信号，做手势，皱眉头。他等着，他等着，身子发僵。"她要是做出关门的表示，"他想，"她要是稍许有一点后退的动作，我就跳上去，撞开门，把她强奸了。"他的眼睛正在把她吃了，窥测任何打破这种沉默状态的动作。"她比我想象的还美。我今天死了也值的。"他揣度她在晨衣里的肉体，这使他内心滋生狂暴的欲望。她一句话不说。她让从前的事浮现到记忆的表面。她已经认出眼前的这个男人是谁了。他为什么到这里站在门槛前，这是她还没有想去弄清楚的一个谜。她只是让从前的事重新涌上她的心头。吕西亚诺·马斯加尔松，就是他没错，十五年了。她观察他，既无恨也无爱。她观察他，仿佛要在眼睛里去看出一个人的命运。她已经属于他了，不用争执，她属于他了。既然事隔十五年后他回来了，敲她的门，管他要求什么，她都给。她站在门槛上会同意的，对一切都会同意的。

为了打破围绕他们的静默与静止状态，她放开了握在手里的门把。这个简单的手势足以使吕西亚诺不用再等待。他现在从她的脸部表情看出她没有走神，她没有害怕，她会给他要什么做什么。他轻快地走进屋，仿佛不愿意让香气吹散在空气中。

一个风尘仆仆、肮脏的男人在这个壁虎做梦也要变成鱼的时刻，走进了比斯科蒂的屋子，石头也找不到反对的理由。

吕西亚诺进了比斯科蒂的家。这会要了他的命，他知道。他知道当他从这幢房子出来，街上又会全是人，生活带着它的法律和它的争斗又开始了，他必须付出代价。他知道人家会把他认出来的。人家会把他杀了。回到这个村子，走进这幢房子，这就要引来杀身之祸。这一切他都想到的。他选择了在这个暑气熏蒸，即使猫也被骄阳晒瞎眼睛的时刻进村子，是因为他知道如果街上不是阒无一人，他就是连广场也走不到。这一切他都知道，就是肯定会遭遇不幸也没有使他有过颤抖。他走进了那幢房子。

他的眼睛隔了好一会儿才习惯暗影。她是背对着他。他跟随她走进一条好像走不完的走廊。然后他们到了一个小房间。没有一点声音，墙上的凉意对他好像是轻轻的抚摸。他那时把她抱在怀里，她不说什么。他给她脱衣服。当他看到她这样一丝不挂在他面前，他禁不住喃喃地说："菲洛美娜……"她全身颤抖。他没有注意到。他得到了满足，做了以前起誓要做的事。他经历了他想象过一千遍的这一幕。十五年监禁生活想的就是这件事。他总是相信当他脱去这个女人的衣服的时候，有一种比肉体欢乐更大的欢乐会使他激动不已——复仇的欢乐。但是他想错了。没有什么复仇。只有两只大奶子，抓在他的手心里。只有一种女人的香气，弥漫他的身子四周，持久不散，温热。他以前那么渴望这个时刻，现在他沉浸其中，迷失了，忘记了世上其余的一切，忘记了太阳、复仇和村民的乌黑眼睛。

当他在大床的新鲜床单里抱住她时，她像个处女叹口气，唇上露出微笑，表情惊奇淫猥，毫不抵抗地任人摆布。

吕西亚诺·马斯卡尔松一辈子就是被别人一边提起一边吐唾沫的"强盗"。他靠偷鸡摸狗、掠夺旅客财物为生。可能他也在加加诺的大路上杀死过几个可怜虫，但是这些事不能肯定。无法证实的故事到处流传，实在是太多了。只有一件事是有根有据的：他的生活"荒淫无度"，大家必须远远躲开这个人。

　　在他的光荣年代，也就是说他的无赖生涯处于巅峰时，吕西亚诺·马斯卡尔松经常上蒙特普西奥来。他不是生在村里的，他喜欢这个地方，来这里过他的好时光。在镇上他遇见了菲洛美娜·比斯科蒂。这位出身于一个普通但是光荣的家庭的少女萦绕他的心头久久不去。他知道自己受名声所累，没有希望娶她为妻，于是他就开始对她生出欲思，就像无赖对待女人一样。占有她即使只是一个夜晚也好，这种思想使他的眼睛在白昼将尽的热光下灼灼发亮。但是命运不允许他得到这种粗暴的欢乐。一个普通的早晨，五名宪兵到他歇息的旅舍候着他，不由分说把他逮走了。他被判了十五年徒刑。蒙特普西奥把他忘了，很高兴摆脱了这个斜眼贪看村里少女的孬种。

　　吕西亚诺·马斯卡尔松在牢里有的是时间去重新思考他的

人生。他以前有过小偷小摸的行为。他做过什么吗？没有。他生活中有过什么值得他在监狱里去回忆的？没有。一个人生就是这么过去了，毫无所为也毫无风险。他没有期望什么，也没有错过什么，因为什么也没做过。他的生存只是一片无聊的海洋，逐渐地，他对菲洛美娜·比斯科蒂的欲念倒像是唯一的岛屿，也使其余一切都存在了下来。当他在街上颤着身子跟随她，他觉得自己活活要窒息过去了。这使其余一切都有了意义。那时，是的，他对自己发誓，出狱后要满足这个粗暴的欲望，他至今唯一有过的欲望。不计任何代价，占有菲洛美娜·比斯科蒂，然后死了也甘心。其余一切，一切的一切都无足轻重。

吕西亚诺·马斯卡尔松从菲洛美娜·比斯科蒂家里出来，没有跟她交换过一句话。他们并排睡了一觉，让爱的疲乏侵入身子。他睡得很沉，已经多年没有这样睡了。全身感到一种宁静的睡意。肉体极度松弛，心满意足的午睡，人毫不惊慌。

　　他在门前找回自己的那头驴子，驴身上还沾着一路的风尘。这一时刻他知道倒算账的齿轮啮合了。他在走向死亡。毫不犹豫。热气已下降，村庄又恢复了生命。邻近房屋的门口，几个小老太穿了黑衣，坐在摇晃的凳子上，正在低声议论这头驴子怎么怪怪地出现在这里，纷纷猜测主人可能是谁。吕西亚诺·马斯卡尔松一出现，把这些女邻居吓得噤若寒蝉。他在心里暗笑。一切跟他预想的一样。"蒙特普西奥的这些傻瓜没有改变，"他想，"他们以为怎么啦？以为我怕他们？以为我现在要设法逃出他们的手掌？我再也不怕谁了。今天他们将要把我杀了。但是这也不够叫我害怕。我要是怕也不从那么远的地方来了。我是打不着的了。他们到底懂不懂？他们要打也打不到我了。我享受过了，在这个女人的怀抱里，我享受过了。一切都到此为止还更好，因为此后的生活会平淡无奇，叫人提不起精神。"想到这里，他有了个主意，要做出最后的挑衅，迎着女邻居的窥视的目光，向她们表示自己什么都不怕，站在门槛上堂而皇之拉裤裆。然后他骑上驴背，走回头路。他听到背后老妇人群情激动。这条消息一说就飞快传了开去，惊动了每幢房子，从平台到阳台，通过这些牙齿不全的老嘴巴辗转相传。传言在他的背后愈播愈广。他又通过蒙特普西奥的中心广场。咖啡馆桌子已经摆了出来。有几个男人分散在各处谈论。他经过时大家都闭上了嘴。在他背后声音又响了起来。他是谁？从哪里出来的？有的人那时把他认了出来，谁都不敢相信，吕西亚诺·马斯卡尔松。"是的，就是我，"他经过这些惊呆的面孔前这样在想，"别花那么大的劲盯着我看。就是我。不用怀疑。你们急于要做什么就做什么吧，否则让我过去，但是别睁着野兽的眼睛瞧着我。我在你们中间穿过，慢慢地，我不想逃跑。你们是苍蝇，又肥又丑的苍蝇，我手一挥把你们都赶走。"吕西亚诺继续往前走，往新街下去。一群不声不响的人现在跟在他的后面。蒙特普西奥的男人都离开了咖啡馆露天座，女人在阳台上弯下身子，呼唤他："吕西亚诺·马斯卡尔松？是你吗？吕西亚诺？你这个猪崽子，色胆包天还敢回这里来。""吕西亚诺，抬起你的乌龟头，让我看看是不是你啊。"他一声不回答。始终盯着天边看，面色阴郁，不慌不忙。"女人叫喊，"他想，"男人动手。这一切我都料到了。"人群愈来愈逼近。现在有二十来人紧跟着他走。新街沿途有几个女人从她们家的阳台上,从她们家的门槛上呼唤他,同时把她们的孩子夹在大腿之间,在他经过时划十字。当他经过教堂,在几小时前遇到唐乔尔乔的地方,一个特别响亮的声音吼叫:"马斯卡尔松,今天是你的死日。"只是那时候他才朝着声音的方向转过脸来,全村的人都可看到他的嘴唇上露出可怕的挑战的笑容,叫他们大家心里发寒。这个微笑表明他知道。尽管这样他还是鄙视他们。他已经得到了他来这里寻找的东西,他带着这份欢乐直至走进自己的坟墓。有几个孩子被这个外来人的狞笑吓得哭了起来。这些妈妈异口同声,不由说出这句虔诚者的咒语:"这是个魔鬼!"

他终于走到了村子口。最后一幢房子离此仅几米远。在这以后就是这条长长种有橄榄树的石子路,伸展消失在山岗里。

有一群汉子不知从哪里钻了出来,挡住他的去路。他们带了铲子、锄头作为武器,脸绷成铁板,紧紧排成一行。吕西亚诺·马斯卡尔松勒住驴子,好久没有一点声音,没有人动一动。"我要死在这里了。在蒙特普西奥的最后一幢房子前。这些人中谁会第一个向我扑过来?"他感到驴子肋部呼噜噜喘长气,他拍拍它的肩胛骨作为回应。"这些乡巴佬把我干了以后总会想到给我的牲畜喝上水吧?"他坐正身子,盯着这群人不动。那些女人在路角也都已静了下来。没有人敢做个手势。一股呛人的味道传了过来,他嗅到的最后的味道。那是干番茄的强烈气味。所有的阳台上都放着大块木板,家庭主妇把切成四块的番茄放在上面晒干。阳光烤着它们。随着时间都蜷缩了起来,像虫子似的,发出一股恶心带酸的味道。"晒在阳台上的番茄要比我活得更长久。"

突然一块石头砸在他的脑门中央。他没有力气转过身。他勉力笔直骑在鞍子上不倒下。"就是这样的,"他还有时间想,"他们就是这样把我杀死的。就像用石头砸一个被逐出教门的人。"第二块石头打在他的太阳穴上。这次砸得很厉害,使他晃了一晃。他跌倒在尘土上,两只脚钩在马镫上。血从眼睛流下,他还听到四周的叫声。男人血性子上来了,每个人都拿了石头,个个要砸他。石头像一阵骤雨似的砸落在他的身上。他感到当地的热石头正在杀害他。这些石头还沾着发烫的阳光,把山岗的干爆气息散播在他的四周。稠而热的血洒在他的衬衣上。"我倒在了地上,我不反抗。砸吧,砸吧。我心中杀死不了的东西你们还是杀死不了的。砸吧。我没有力量了,血流了出来。谁会扔最后一块石头?"奇怪的是最后一块石头就是没有扔过来。

他有一瞬间想这些男人出于残忍的本性，是要延长他的临终时刻，但不是这么回事。本堂神父刚刚赶到。他夹立在男人和他们的猎物之间。他指责他们是恶鬼，制止他们的行动。吕西亚诺感觉到他立即跪倒在自己的身边。神父的呼吸钻进了他的耳朵："我在这里，我的孩子，我在这里。挺住。唐乔尔乔来照顾你。"石头雨没有再下下来。吕西亚诺·马斯卡尔松宁可推开神父，让蒙特普西奥人完成他们开始做的事，但是他没有力气了。神父的干预毫无作用。它只是延长他的弥留时间。让他们愤怒野蛮地用石头砸他吧。让他们用脚把他踩死吧。这也是他愿意给唐乔尔乔的回答，但是他的咽喉里一个声音也发不出。

假若蒙特普西奥的神父没有在群众与他们的受害者之间插身进来，吕西亚诺·马斯卡尔松会死得很幸福。嘴含微笑，就像渴望胜利、战死疆场的征服者。但是他拖得还是太久了一点。他的生命离开躯体还是太慢了，还有时间去听到他永远不该知道的事情。

村民已经团团围住这具躯体，既然不能完成他们的杀戮，就用嘴巴辱骂他。吕西亚诺还听得到他们的声音，仿佛这是世界上最后的呼唤。"这下子你不会再想回来了吧。""吕西亚诺，跟你说过这是你的死日。"然后最后这句禁令使他身子底下的土地都震动了："伊玛科拉塔之后，你再也强奸不了别的女人啦，你这个猪仔子。"吕西亚诺的毫无力气的身体从头到脚颤抖着。他的精神在他紧闭的眼皮后面摇晃不定。伊玛科拉塔？他们为什么说伊玛科拉塔？这个女人是谁？他是跟菲洛梅娜做的爱啊。过去的事涌现在他眼前。伊玛科拉塔，菲洛美娜，从前的形象跟周围人群嗜血的笑声混杂一起。他又看到了一切。他明白了。当他周围的男人继续鬼哭狼嚎时，他在想：

"我只差一点点就可以幸福地死去……才差几秒钟。多了这几秒钟……我感到热石头对我身体的反响……是的……我是这样想事情的。血在流，生命在失去。我的微笑至死也是为了嘲弄他们……就差了这么一点，我就失去了这种满足感。人生最后还要暗算我一次……我听到他们在我周围发笑，蒙特普西奥的男人在发笑，吸收我的鲜血的土地在发笑。驴子和狗也在发笑。瞧这个吕西亚诺·马斯卡尔松，他以为搂着的是菲洛美娜，干的却是她的妹妹。瞧这个吕西亚诺·马斯卡尔松，他以为在凯旋中死亡，而今躺在那堆尘土里，脸上还露出胡闹的鬼脸……命运作弄了我，狠狠地作弄了我。太阳对我的错误发笑……我糟蹋了自己的生命。我糟蹋了自己的死亡……我是吕西亚诺·马斯卡尔松，我对着嘲弄人的命运吐唾沫。"

跟吕西亚诺·马斯卡尔松做爱的确实是伊玛科拉塔。菲洛美娜·比斯科蒂在马斯卡尔松逮捕后不久就患肺动脉栓塞去世了。她的妹妹伊玛科拉塔是比斯科蒂一家最后的幸存者，住在老屋里。星移斗转，十五年的狱中生活过去了。伊玛科拉塔徐徐地长得愈来愈像姐姐。菲洛美娜若能假以时日让年华逝去的话，长的必然是她的这张脸。伊玛科拉塔一直未嫁。人生好像对她不感兴趣，她的生活中除了四季更替以外也没遇到过其他意外的事。这些沉闷的岁月，有时会使她回想起孩子时那个向姐姐献殷勤的男人，这总会引起一种欢悦的颤抖。他叫人害怕。他的无赖的笑容在她脑海里萦绕不去。她想起就感到兴奋与陶醉。

十五年后，当她打开门，看到这个人笔直站在她面前，什么话都没问，她觉得这显然是冥冥命运的力量，她必须俯首屈从。这个无赖在这里，面对着她。在她还从没发生过什么事。她伸手就可得到使自己陶醉的东西。过了一会儿，当他进了房在她赤裸的身子前喃喃说的是姐姐的名字，她的脸色苍白了。她立即明白他把她当成那个人了。她犹豫了一会儿。应不应该把他推开？向她说出他弄错了？她一点不想这样做。他在这里，她的面前。如果把她当作姐姐能给他带来更大的快乐，她准备把这份奢望贡献给他。这里面不存在谎言。她同意他要做的一切，如此而已，成为一个男人的女人，何况她的一生也仅有一次。

唐乔尔乔已经开始给垂死的人做终傅仪式。但是吕西亚诺不愿意了，他愤怒地扭动身子。

"我是吕西亚诺·马斯卡尔松，我正在受人嘲笑中死去。我的整个人生都落得个身败名裂。可是，这改变不了什么。菲洛美娜或伊玛科拉塔。无关紧要。我得到了满足。这个谁能理解呢？……我对这个女人相思了十五年。十五年梦见的是她给我这样的拥抱与宣泄。我刚出狱，做了我该做的事，我走进了这幢房子，跟里面的女人做爱。我很在乎这件事，十五年想的就是这件事。命运决定跟我开个玩笑，谁能强过它呢？我没有权力让河水倒流，使星光熄灭……我是一个男人。我很在乎一个男人能做到的事情。走到这里，敲这扇门，跟给我开门的女人做爱……我只是一个男人。除此以外，让命运嘲笑我吧，而我无能为力……我是吕西亚诺·马斯卡尔松，我陷入死亡愈是深，愈是可以不再听到这个戏弄我的世界的谣言了……"

在乡村神父还没有结束祈祷以前他就断了气。他若在死亡以前知道这一天以后发生的事，他就会笑起来。

伊玛科拉塔·比斯科蒂怀了孕。这个可怜的女人后来生了个儿子。这样给马斯卡尔松一系传宗接代，出自一个错误，出自一桩误会。一个是无赖父亲，交欢两小时后遭人杀害，一个是老处女，第一次委身于一个男人。这样诞生了马斯卡尔松家族。男人误认了人，女人接受这个谎言，因为欲望使她屈服。

在那阳光灼人的白天诞生了一个家族，因为命运有意作弄人，就像猫有时也是这样，用爪子去作弄受伤的鸟。

起风了。压得干草都倒在地上，让石头发出尖叫。一股热风，驱散村庄的噪声和海边的腥味。我老了，身板嘎吱嘎吱响，就像风中的树枝。我疲劳，手脚不方便。起风了，我靠着您才不至摇晃。您温柔地把手臂伸给我。您是个年轻力壮的汉子。我从您强壮镇定的身体感觉出来的，我们将会一直走到底。我挽着您再也不会累倒。风在我们耳边呼啸，吹走了我说的有些话。我说的话您听不清楚，别感到不安，我宁可这样。让风吹走一些我说的话，这对我更方便。我不习惯说话，我是斯科塔家的女人，我的哥哥与我是聋哑女的孩子，蒙特普西奥的人都叫我们是"不声不响的人"。

　　您听到我说话会奇怪吧。这是我那么多年来第一次说话。您在蒙特普西奥有二十年了，或许还不止，您看到我是如何变得沉默的。您以前像蒙特普西奥的人那样认为，我滑进老年的冰水中再也不会浮上来了。然后那天早晨，我来找您，要求跟您面谈，您颤抖了一下。仿佛是一条狗或一幢房子的门面开始说话了。您以前认为这是不可能的。由于这个原因您同意见面的。您要知道老卡尔梅拉要说些什么。您要知道我为什么要您黑夜来这里。您把手臂伸给我，我挽了您走上这条小土路。我们到了教堂前往右走，把村子抛在背后，这更增加了您的好奇。我感谢您的好奇，唐萨尔瓦托尔。这有助于我没有放弃。

我来对您说我为什么又开口说话了。这是因为我昨天开始昏了头。请不要笑。您为什么笑？您认为一个人不可能神志那么清醒，真正昏了头的时候会说自己昏了头。您错了。我的父亲临终在床上说："我要死了"，接着他就死了。我昏了头，这是昨天开始的。从那以后我是过一天是一天了。昨天我回顾我的一生，我是经常这样做的。有一个我很熟悉的人的名字我就是想不起来。六十年来我差不多天天想他。昨天，他的名字溜走了。有几秒钟时间，我的记忆成了一大片空白，我什么也抓不住。这没有持续多长，名字又浮现上来了。科尔尼。这个人是这样叫的。科尔尼。我又找到了，但是要是我会把他的名字忘记，即使是片刻，这也是我的精神投降了，一切都会渐渐流失的。这事我知道。今天早晨我来找您就是为了这件事。我应该趁一切还未遗忘以前说出来，我给您带来这件礼物也是为了这件事，这件东西我愿意归您保存，这我会对您说的。我对您说起它的历史，我要您把它挂在教堂正殿，在还愿物中间。这件东西跟科尔尼有关，很适合挂在教堂的墙上。我再也不能把它留在家里了。我只怕有一天早晨醒来再也记不起它的历史，以及我要给的那个人。我愿意您把它保存在教堂里，然后当我的孙女安娜到了年龄，您再把它传给她。我已不在人间了，或者老朽了。您来做吧，就像是我通过那些岁月在跟她说话。请看，就是这件东西。这是一块小木板，是我请人锯的，磨光上漆。中间我放上了这张那不勒斯—纽约的旧船票，在船票下面是一枚铜徽章，上面刻着："科尔尼惠存，他曾在纽约街头给我们做向导。"我把它托付给您啦。不要忘记，这是给安娜的。

我要说了，唐萨尔瓦托尔。但是我还有最后一件事要做。我给您带来几支香烟，让您在我身边吸。我喜欢闻烟草的味道。吸吧，我求您了。风会把烟圈吹到坟墓上。我家的死者喜欢闻香烟的味道。吸吧，唐萨尔瓦托尔。这对我们两人都有好处。给斯科塔家敬上一支烟。

我怕说。天气温和，天空也弯下腰好听我们说话。我要把一切都说出来。风会吹走我的话。让我想一想，我是为风说的，您几乎听不着我说的话。

二　洛可的诅咒

伊玛科拉塔分娩后从未恢复健康。仿佛老处女的全部精力都被那次肉欲吸收尽了。这个苦命人，生活已使她习惯过平静无聊的日子，生育实在是一件过于重大的事件。分娩后的日子里她的身体一蹶不振。人明显消瘦下去。竟日躺在床上。时时向婴儿的摇篮投去畏惧的目光，不知道怎么办。仅仅有时间给新生儿起了一个名字：洛可。此外她也没做什么。做个好母亲还是坏母亲，甚至想也没有想过。下面的事就没那么简单了：在她身边多了一个生命，在襁褓中手脚乱动，一个生命要求抚养，她根本不知道怎样去满足这个什么都要的胃口。最简单的方法还是去死……她也就在九月一个没有亮光的日子这样做了。

唐乔尔乔又被叫唤来了，整夜给老小姐守灵，这也原是他的职责。几个邻家妇女自告奋勇给她洗身穿衣。小洛可被人放到了旁边的房间里，那一夜在祈祷和昏沉迷糊中度过。天蒙蒙亮，有四个汉子来抬尸体，其实她那么瘦，两个也就够了，但是唐乔尔乔不依，这是体面问题。守夜的妇女走近尚巴奈里神父，其中一个问他：

"那么，神父，是您做吧？"

唐乔尔乔不明白。

"我做什么？"他问。

"您很清楚，神父。"

"你在说什么？"神父不耐烦了。

"把这个孩子处死……是您做吧？"

神父呆着说不出话。老妇人见他不响，胆子大了，向他解释说村里的人认为这样做最妥当。这个孩子是一个无赖生的，他的母亲刚刚死去。这说明天主在惩罚这种违反自然的结合。还不如把这个孩子杀了，反正他不是正正当当来到这个世界的。他们也就自然而然想到他唐乔尔乔来做这件事。也可以指出这不是什么复仇或犯罪。他的手是纯洁的。他只是把这个对世界毫无用处的小早产儿归还给天主而已。老妇人说这些道理绝对不带任何邪恶。唐乔尔乔脸色铁青，他义愤填膺。他奔到村子的广场上，开始高喊：

"你们这群不信教的人！这样邪恶的主意居然会出现在你们的头脑里，可见魔鬼已经附在你们身上了。伊玛科拉塔的儿子是上帝的一个创造物，也像你们中间的每个人一样。上帝的一个创造物，你们听我说，你们要是碰一碰他的一根毫毛，就会受到诅咒！你们自称是基督徒，但是你们是畜牲。你们只配我让你们受苦受难，由主来惩罚你们。这个孩子受我的保护，你们听到了吗？谁要是敢碰一碰他的一根毫毛，会招来天怒。整个村子愚昧无知，臭气冲天。回到你们的地里去吧。像狗一样去出汗吧，因为你们就只会做这个。你们要感谢天主隔一阵子下场雨，对你们还是太抬举了呢。"

唐乔尔乔说完话，不顾蒙特普西奥的村民如何目瞪口呆，回去抱起孩子。同一天，他把他带到海岸偏北最近的一个村子圣乔贡多。这两个村子自古以来就是对头。敌对的集团打来打去已遐迩闻名。渔民在海面上频频发生冲突，撕破对方的渔网，或者偷盗白天捕到的鱼。他把孩子托付给一对渔家夫妇，回到自己的教区。有一个星期天，在村子的广场上有一个老好人关心问他把孩子怎么了，他回答他说：

"混蛋，这跟你有什么关系？你那时准备把他杀了，现在又关心了？我把他寄养在圣乔贡多，那里的人可比你们强。"

整整一个月，唐乔尔乔拒绝主持圣事。不望弥撒，不领圣体，不做忏悔。"哪一天这个村子里有了基督徒，我再尽我的职责。"他说。

但是随着时间的过去，唐乔尔乔的怒气也逐渐平息。蒙特普西奥村民，像犯错时被抓的小学生那样羞惭发呆，每天挤在教堂门前。全村的人等着，低下头。当万灵节的那个星期日到来，神父终于把教堂的各扇门开得大大的，长久以来第一次钟声齐鸣。"我不能因为他们的子孙是傻子而去惩罚死者。"唐乔尔乔嘟嘟嚷嚷说。就这样做完了弥撒。

洛可长大成人。他有了一个新名字，用父亲的姓和领养他的渔夫的姓合并而成，这个新名不久在加加诺山区人的意识中是：洛可·斯科塔·马斯卡尔松。他的父亲是个无赖，靠小偷小摸过日子的盲流，而他则是个真正的盗贼。他只是到了可以为非作歹的年龄时才来到蒙特普西奥。他攻击在地里干活的农民。偷窃牲畜。暗杀在路上迷失方向的市民。他掠夺农庄，勒索渔夫和商人。好几名宪兵派出去追捕他，但是他们都被发现在大路边上，脑袋中了一枪，裤子剥下，或者像玩具娃娃似的挂在巴尔巴里的无花果树上。他这人粗暴贪婪。传说他有二十来个女人。当他的名声确立，在整个地区称王称霸以后，他像个正人君子回到蒙特普西奥，趾高气扬，面容坦然。这些街道在二十年中没有变化。蒙特普西奥的一切都好像是一成不变的。村子里还是一小堆栉比鳞次的房屋。长长的阶梯弯弯曲曲朝着海的方向下去。穿越这些纵横交错的小路简直有一千种走法。老人从港口到村子来来回回，在这些高耸的阶梯爬上爬下，慢得就像在阳光下偷懒的毛驴，而成群的孩子沿台阶顺势而下从不感到累。村子俯视着海，教堂的正立面朝着波涛。风与阳光年复一年把大理石台阶磨得光泽晶莹。洛可在村子的高处住了下来。他圈了一大块不易进入的土地，盖了一座美丽的寨子。洛可·斯科塔·马斯卡尔松成了殷实的富人。有人有时要求他让本村的人太平度日子，到周围地区去敲诈勒索别人，他总是这样回答他们："闭嘴，无耻的人。我是你们的惩罚。"

就在那么一个冬季，他去找唐乔尔乔。他带了两个面目严峻的男人和一个目光畏怯的女人。男人带着手枪和马枪。洛可呼喊神父，当神父到了他面前，他要求给他举行婚礼。唐乔尔乔照办。在婚礼进行到中途，他问起那位少女的名字，洛可不好意思一笑，喃喃地向他说："我不知道，神父。"神父张口结舌呆在那里，心想他别正在给一场诱拐主持神圣的婚礼，洛可又说："她是个聋哑人。"

"没有姓?"唐乔尔乔还是问。

"那有什么关系，"洛可回答，"她立刻就是斯科塔·马斯卡尔松家的人了。"

神父还是继续进行仪式，心里却忐忑不安，他犯了什么重大的错误，面对天主是要负责的。但是他还是祝福这场结合，最后说出一句长长的"阿门"，好像牌桌上赌徒掷骰子时说:

"全靠上帝保佑了。"

这小群人正要骑上马鞍消失时，唐乔尔乔鼓足勇气，喊住新郎。

"洛可，"他说，"跟我待一会儿。我有话对你说。"

静默了好一会儿。洛可向他的两名证婚人挥手，要他们带了他的妻子先走。唐乔尔乔现在恢复了神志和勇气。这位青年身上有些东西引动他的好奇，他觉得他能够跟他谈谈。这个强盗，使整个地区都闻风丧胆，对神父还保持一种宗教心情，狂野但是真诚。

"你和我都知道，"尚巴奈里神父开始说，"你是怎样生活的。全境内都流传你作案的故事。男人看到你吓得脸色发白，女人提起你的名字就画十字。你到哪里都引起恐惧。洛可，你为什么要让蒙特普西奥的人恐慌不安呢？"

"我是个疯子，神父。"年轻人回答说。

"疯子？"

"是的，一个可怜的私生的疯子。您比谁都清楚。我是一具尸体和一个老小姐生的。上帝嘲弄了我。"

"上帝不会嘲弄他的创造物，我的孩子。"

"神父，他要我生来走歪道。您不这样说因为您是神职人员，但是您是这样想的，像其他人一样。我是个疯子。是的，一头不该出生的牲畜。”

"你是聪明人。你可以选择其他方式得到人们的尊敬。"

"神父，今天我是个富人，比蒙特普西奥的任何哪个傻子都有钱。他们是因为这个才尊敬我的。他们不尊敬也办不到。我叫他们害怕，但这不是主要的。在他们内心深处，他们感到的不是害怕，而是妒羡和尊敬。因为我是个富人，他们想到的就是这个。钱。钱。我比他们大家加起来的还多。"

"从他们那里抢来的这些钱才使你成为富人的。"

"您要求我让蒙特普西奥这些乡巴佬安静过日子，但是您不知道怎样说服我，因为您提不出充分的理由。您这是对的，神父。因为确实没有理由要我让他们太太平平。他们那时都准备把一个孩子处死。我是他们的惩罚，就是这么一回事。"

"那时我不如让他们这样做了的好，"神父反驳说——这个想法折磨着他。"今天你若抢他们，杀他们，这就像是我在这样做。我救了你不是让你去做这些事的。"

"别跟我说我该做什么，神父。"

"我跟你说的是天主要你做的事。"

"如果我的一生侮辱了他，由他来惩罚我吧。让他把我赶出蒙特普西奥。"

"洛可……"

"天灾，唐乔尔乔。您想一想天灾，问天主他有时为什么在大地上降下大火或干旱。我是一场流行病，神父。不是别的，一片蝗虫，一次地震，一场传染病。闹得个天翻地覆。我是个疯子，怒火中烧。我是疟疾，饥荒。问一问天主，我在这里，我在做我的事。"

洛可说到这里，跨上马背，消失了。当晚，尚巴奈里神父在密室里动用他的全部信念询问天主。他要知道他当初救了这个孩子做得对不对。他在祈祷中提出请求，但是上帝回答他的是沉默。

洛可·斯科塔·马斯卡尔松的神话愈传愈多。大家说他选了一个聋哑女做妻子——还是一个不美的聋哑女——这是为了满足他的兽欲，是为了当他揍她和强奸她时叫不出声。大家还说他选上了这个可怜的女人，是为了可以保证她听不到他们策划的阴谋，知道了事情也不会说出来。一个聋哑女，是的，保证自己不会被背叛。从这点来说已够是个魔鬼了。

但是大家不得不同时承认，自从结婚以后，洛可不再触动蒙特普西奥村民的一草一木。他到更远的普利亚区去进行他的活动。蒙特普西奥又开始过宁静的生活，甚至有这么一个知名人物住在当地而感到自豪。唐乔尔乔不会忘记感谢天主，他把和平重新降临，看成是万能的上帝对他谦卑的祈祷的答复。

洛可跟聋哑女生了三个孩子：多梅尼科、朱塞佩和卡尔梅拉。蒙特普西奥的村民几乎不再见到他了。他总是在大路上，努力扩大他的地盘。当他回寨子来，都是在深更半夜了。通过窗户看到里面的烛光。传出宴席的笑闹声。这样过上几天，然后静默又笼罩庄院。洛可再也不下村子来了。好几次流传出他的死讯或者投顺的消息，但是又是一个孩子诞生使谣传不攻自破。洛可好好活着。聋哑女前来采购，孩子在老镇小街上追逐，都是明证。洛可还在人世，但是像一个影子。有时见到外乡人穿过镇上不说一句话。他们率领一大群驮了箱子货物的驴子。这些财物都涌入山岗顶上没有声音的大庄院，堆在那里。洛可还在人世，是的，既然他把偷盗的一车车赃物都拉进了家里。

　　斯科塔的孩子大部分时间都在镇上过。但是他们命里注定受到有礼貌的隔离。大家都尽量少跟他们说话。村里的孩子也被人劝阻不与他们玩。蒙特普西奥的母亲多少次对她们的孩子说："你不要跟这些孩子玩。"当天真的孩子问为什么，大家回答他说："他们是马斯卡尔松家的。"这三个小孩最终不言自明地接受了这种情况。他们看到每次镇上一个孩子走近他们，想玩时，不知从哪儿钻出来了一个女人搧他巴掌，抓住他的手臂，大叫："贱小子，我对你怎么说的？"可怜的孩子带着眼泪走开去。这下子他们只有自己玩了。

只有一个孩子加入他们一伙，名叫拉法埃莱，但是大家都简称他"法吕克"。这是渔夫的儿子，属于蒙特普西奥最贫穷的家庭。拉法埃莱跟斯科塔家的孩子交上了朋友，再也不离开他们，甚至不顾父母的禁令。他晚上回家，他的父亲问他跟谁玩得那么晚，每次小孩都是这句话："跟我的朋友。"于是，每晚，他的父亲用拳头揍他，咒骂老天给了他这么一个傻儿子。当父亲不在时，则由母亲提这个老问题。她揍得还要重。拉法埃莱这样忍受了一个月。每晚挨上一顿痛打。但是这小孩心地坦诚，白天不陪伴他的朋友一起过，好像是不可想象的。一个月后，父母揍得累了，也就不再提任何问题。他们对自己的儿子死了心，认为这样一个后代不会有什么出息。他的母亲从此以后把他当无赖那么对待。她在餐桌上对他说："嗨！小贼，把面包递给我。"她说这话不带笑，也不是有意讽刺，而是像在提一个简单的事实。这个孩子是没治了，那还不如不把他完全看成是自己的儿子。

一九二八年二月的一天，洛可出现在市场上。他由聋哑女和三个孩子陪着来的，穿着像过周日的衣服。这次出现惊呆了整个村镇，大家没有见他已经很久，他已是五十开外的人了，身体还很硬朗。他蓄了美丽的灰白胡子，遮住凹瘪的双腮。他的目光没有改变，他时时还会显出火爆的性子。他的衣着高贵雅致，他一个白天都在镇上过，从一家咖啡馆到另一家咖啡馆，接受人家给他的礼物，倾听人家对他提出的要求。他沉着，对蒙特普西奥的轻视好像已不存在。洛可在这里，在货摊之间转悠，大家一致同意说这么一个人不管怎样会当个好镇长。

　　白天很快过去。一阵寒冷的细雨打在大街的路面上。斯科塔·马斯卡尔松一家回到自己的庄院，在身后留下那些村民说不完这次意外的出现。当黑夜降临时，雨愈下愈密。此刻天气冷，海水汹涌，波涛滚滚打在悬崖上。

　　唐乔尔乔晚餐时喝了一碗土豆汤。他也老了，背也驼了。他热爱手工活，在他的小块地里锄草铲土，在教堂构架上修修补补，使他内心得到宁静，现在这些都做不动了。他瘦了许多。

仿佛死神把人攫走以前，需要减轻他们的重量。这是一位老人，但是他的教民对他忠心耿耿，要是听到有人将接替尚巴奈里神父的消息，没有一个不向地上吐唾沫。

有人敲教堂的门。唐乔尔乔一怔。他首先以为自己听错了，可能是雨声吧，但是声音愈敲愈急。他急忙下床，想这大约是请他去做终傅的。

在他面前站着的是洛可·斯科塔，全身湿透。唐乔尔乔一动不动，让他有时间看清楚这个人，岁月荏苒多少改变了他的面貌。他把他认了出来，但是他要观察时间在这张脸上的雕刻，犹如在仔细观察一位金银匠的作品。

"神父。"洛可终于开口了。

"进来吧，进来吧，"唐乔尔乔说。"是什么事叫你过来的？"

洛可瞧着老神父的眼睛，声音温和但坚决地回答：

"我是来忏悔的。"

就是这样在蒙特普西奥的教堂里，唐乔尔乔和洛可·斯科塔·马斯卡尔松开始面对面谈话。这是前者救了后者的性命以后五十年。自从神父给他主持婚礼以后还从未再见过。黑夜好像不够长，让这两个男人把要说的话都说完。

"不必了吧。"唐乔尔乔回答说。

"神父……"

"不。"

"神父,"洛可抱着决心又说,"您和我,把话说完以后我就回家去,我将躺下来,我将死去。请相信我,我说实在的事,不要问我为什么,就是这么一回事。我的时间到了。我知道,我在这里,面对着您,我要您听我说,您要听我说因为您是上帝的仆人,您不能代替上帝。"

对话者身上散发的意志与镇静,叫唐乔尔乔目瞪口呆。除了遵命以外别无他法。洛可跪在教堂的暗影里,背诵一段《天主经》。然后他抬起头,开始说。他把一切都说了出来,他的每桩罪行,他的每桩坏事,不掩饰一个细节。他杀人越货,他掠夺其他人的妻子。他一生烧杀抢掠,伤天害理,无恶不作。黑暗里,唐乔尔乔看不清他的五官,但是他被他的声音打动,接受从这个人嘴里平直说出来的一长串罪孽。他必须一字不漏听着。洛可·斯科塔·马斯卡尔松历数自己的罪恶整整几个小时。当他说完,神父头脑一阵昏眩。场面又陷入静默,他不知道说什么好。听了这一切以后他能做什么呢? 他的双手一直在颤抖。

"你说的我都听到了,我的孩子,"他终于喃喃说,"我没有想过有一天竟会听到这样的噩梦。你到我这里来,我对你侧耳细听。对上帝的一个创造物我没有权力拒绝倾听，但是我也没有权力赦免你。你自己面对上帝吧，我的孩子，必须信赖上帝的愤怒。"

"我是一个人，"洛可回答。唐乔尔乔一直不明白他说这句话表示自己什么都不怕，还是恰恰相反，是为了原谅自己的罪孽。老神父累了。他站起身。刚才听到的一切使他恶心，他要一个人待着。但是洛可的声音又响起来了。

"这还没完，神父。"

"还有什么?"唐乔尔乔问。

"我要向教堂捐赠。"

"捐赠什么?"

"一切，神父，我占有的一切。一年年积累起来的这笔财富。使我今天成为蒙特普西奥最富的人的一切。"

"你的东西我一概不接受。你的钱沾满了鲜血。怎么还敢提出这样的建议? 尤其你刚才跟我说了那些以后。你若因内疚而睡不着的话，那就把它还给你曾经偷过的那些人。"

"您知道这是不可能的。我偷过的人大多数都死了。其余的人我又怎样找到他们呢?"

"那你就把钱分给蒙特普西奥的村民，给穷人，给渔民和他们的家庭。"

"我给了您不也就是在这样做么。您是教会，蒙特普西奥的所有人都是您的孩子。由您去分配。假若我活着时自己来做，把这些赃钱给了这些人，这是使他们也成了我的罪恶的同谋。如果由您来做这件事，就完全不同了。这个钱在您的手里可以得到祝圣。"

这个人是谁？唐乔尔乔听到洛可表示自己心意的方式感到惊讶，那么聪敏，那么透彻。而他只是个没有受过教育的强盗。他于是对洛可·斯科塔到底是个什么人产生了遐想。一个讨人喜欢的人，有感召力的人。双目炯炯有光，吸引你会跟随他到天涯海角。

"你的孩子呢？"神父又说。"你在你的一长串罪孽以外，又要加上一条遗弃自己的孩子吗？"

洛可微笑，轻轻地回答：

"让他们分享不义之财，这不是一件礼物。这是拉他们下水。"

这个论断很正确，甚至太正确了。唐乔尔乔觉得这只是说说罢了。洛可说的时候在笑，他这是有口无心。

"真正的道理是什么呢？"神父带着怒意高声说。

这时候洛可·斯科塔开始发笑。笑声响得叫老神父听了大惊失色，他笑得像个魔鬼。

"唐乔尔乔，"洛可在响亮的笑声之间说，"让我死的时候还带着一点秘密吧。"

这声笑，尚巴奈里神父回想了很久。这声笑说出了一切。这是一种巨大的，什么都无法满足的复仇欲望。如果洛可因此可以让自己的家人死光，他也会这样做的。属于他的一切都必须随着他一起死去。这声笑，是一个自断手指的人的狂笑。这是对着自身犯罪的人的笑。

"你罚他们过上怎样的日子你知道吗？"神父还是要追根究底地问下去。

"是的，"洛可冷冷地说，"活着，永远歇不下来。"

唐乔尔乔像个被打垮的人那样感到疲劳。

"好吧，"他说。"我接受捐赠。你占有的一切，你的全部家当。好吧，但是别想这样可以赎你的罪。"

"不，神父，我不赎买我的安宁，安宁是不会有的，我要某个东西作为交换。"

"要什么？"神父问，他已筋疲力尽了。

"我把蒙特普西奥从未见过的大笔财富捐赠给教会。作为交换，我谦卑地要求我这一族的人今后不管怎么穷，死时享受亲王般的葬礼。仅仅是这个。斯科塔家的人在我以后会生活贫困，因为我没有给他们留下什么，但是他们的葬礼要比谁都豪华。

费用全由教会承担。我把一切留给教会，是要它遵守这句诺言，组织仪仗队来给我们一代代送葬。不要误会，唐乔尔乔，我这样要求不是出于傲慢，而是为了蒙特普西奥。我的后裔将是一群挨饿的人，他们会被人轻视。我了解蒙特普西奥人，他们尊重的只是钱。用贵族的待遇去给最穷的人办葬礼，这可以让他们闭嘴。最卑贱的也是最高贵的。至少在蒙特普西奥实行这条道理，一代一代传下来。但愿教会记住它的誓言，让蒙特普西奥的村民在马斯卡尔松家出殡时脱帽致敬。"

洛可的眼睛像精神病人那样闪烁发光，令人相信什么都抗拒不了他。老神父去找了一张纸，在纸上写下协议。当墨水干了时，他把协议书交给洛可，画个十字，说："就照此办理！"

太阳已经晒上教堂的正立面。田野浸润在光明中。洛可·斯科塔和唐乔尔乔谈了整整一夜。他们分开时不说一句话，没有拥抱，仿佛他们当晚还会见面似的。

洛可回到家，全家人已经起床。他没有说一句话。他伸手去抚摸女儿小卡尔梅拉的头发，她从未得到这种温情的表示，很惊讶，睁着两只大眼睛注视他。接着他上床了。他没有再起身。他拒绝给他叫医生。聋哑女看到他的时辰已近，要去找神父，他拉住她的手臂，说："让唐乔尔乔睡吧，他昨夜过得很辛苦。"他最多只是同意妻子叫来两名老妇，陪她一起守夜。这时她们把消息传了出去："洛可·斯科塔到了弥留时刻。洛可·斯科塔快要死了。"村里的人不相信。大家都记起在前一天还看到他衣冠楚楚、悠闲、健康。死神怎么可能那么快钻入他的骨头呢？

现在到处是流言。蒙特普西奥的村民抑制不住好奇，最后上了他的庄院。他们要弄清真相。他家四周被一长队好奇的人团团围住。过了一段时间，最大胆的人走了进去。立刻有其他人跟在后面。一群闲人闯入他家，说不清这是向临终的人致意，还是幸灾乐祸地要去证实他是否真的只剩最后一口气了。

洛可看到好奇的人群进来，在床上坐了起来。他集中最后的气力，面孔煞白，身子干枯。他观察面前的人群，大家看到他的眼睛里迸发怒火，没有人敢再动一动。这时濒死的人开口说话：

"我正在走进坟墓。我一生中所犯的罪行写下来，纸条会拖到我的脚下。我是洛可·斯科塔·马斯卡尔松。我自豪地微笑，你们都等待我内疚，你们都等待我下跪，为赎罪而祈祷。等待我祈求上帝的宽大，向我伤害过的人谢罪。我向地上吐唾沫，上帝的慈悲好比是一盆清水，懦夫都可轻易得到用来洗自己的脸。我不要求什么，我知道自己做了什么，我知道你们在想些什么。你们上你们的教堂，你们观看墙上的地狱画，这是人家画了给轻信的人看的。阴界的小鬼拉着灵魂肮脏的人的腿，长角、叉蹄、羊脚的恶魔快活地撕裂受刑人的身体，打他们的屁股，把他们生吞活剥，像玩具娃娃那样扭弯。罚入地狱的人要求原谅，跪在地上，像女人似的哀求。但是长着禽兽眼睛的魔鬼不懂得怜悯。这使你们很开心，因为这是天经地义的。这使你们很开心，因为你们把这看做是天意。我正在走进坟墓，你们祝愿我今后万劫不复，永远受尖叫和苦刑的折磨。你们相互传说，洛可马上就要受到我们教堂壁画上的那种惩罚，永世不得翻身。可是我不害怕。我微笑，依然像我在世时叫你们看了心寒的那样微笑。我不怕你们的壁画，小鬼从不在黑夜里骚扰我，我造孽，我杀人强奸，谁曾拉住过我的手臂？谁曾让我陷入死亡，让我不存在于世界上？没有人。云彩继续在天空飘浮。我的双手沾上鲜血的日子都阳光灿烂。这番光明景象仿佛是大地与天主之间的契约。在我生活的大地上存在什么可能的契约？不存在，天上是空的，我可以带着微笑死去。我是个五条腿的恶魔，我有恶毒的眼睛和杀人的双手。我到哪里，上帝就在哪里退却，就像我走在蒙特普西奥街上，你们也是这样，还把孩子紧紧搂住。今天下雨了，我不看一眼就离开世界。我喝过，我享受过，我在教堂的寂静中打嗝。我能够得到的东西都被我贪婪地侵吞了。今天应该是一个节庆的日子。天庭应该把门打开，天使的号角声应该响彻四方，庆祝我死亡的新闻。但是什么都没有，天在下雨。说明上帝看到我消失也感到悲戚。都是废话。我活了很久，是因为世界就像我的形象，一切都乱七八糟。我是一个人，我不希望什么，我能吃什么就吃什么。洛可·斯科塔·马斯卡尔松。你们这些人看不起我，巴望我遭受最严酷的苦刑，到头来提到我的名字时不胜钦佩。我积聚的财富起了很大作用。因为你们说是诅咒我的罪恶，内心却又抑制不住自古对黄金的令人恶心的尊敬。是的，我有黄金，比你们中哪一个都多。我有黄金，我什么都不留下，我带着我的刀子和强奸者的邪笑消失。我要做的事都做了，一生中都是如此。我是洛可·斯科塔·马斯卡尔松。你们高兴吧，我要死了。"

说到最后几句话时，他在床上转了个身，他的力气一点不剩了，他张着眼睛死去。蒙特普西奥人都吓呆了，一声不出。他不咽气，不呻吟，目光直直地死去。

葬礼定在第二天。那时蒙特普西奥才遇到村史上最惊奇的大事。从斯科塔庄院的高处传来仪仗队的尖锐乐声，村民立刻看到一支长长的送葬人群，为首的是尚巴奈里神父，他挥动一只精致的银香炉，一路上香烟缭绕，弥漫着浓重神圣的烧香味。棺材由六个汉子扛着。还由另外十个汉子担出了城隍神圣埃里亚的塑像。乐师演奏当地最凄凉的乐曲，踏着缓慢有节拍的步子。在蒙特普西奥还没有人曾经这样安葬过。队伍走在大街上，在中心广场停了一下，又拥入老村狭窄的街道，绕着转了一圈。又回到广场上，再停一下，又走在大街上，最后进了教堂。然后举行一个简短的仪式，神父在仪式进行时宣布洛可·斯科塔·马斯卡尔松把他的财产捐赠给了教会——这引起一阵乱哄哄的惊异声，大家纷纷议论——队伍在铜管的尖声中又动了。教堂的钟声给乐队的哀乐打拍子。全镇的人都在那里。在大家的思想里不断地提出同样的问题：真的是指他的全部财产吗？那有多少呢？神父拿它来做什么？聋哑女又会怎么样呢？那三个孩子呢？他们察看可怜的女人的面孔，试图猜测她是否知道丈夫的最后遗愿，但是寡妇一脸疲劳，没有其他表情。全镇的人都在那里，洛可·斯科塔在坟墓里微笑。他花了整整一生，得到了他生前那么渴望的东西：叫蒙特普西奥俯首帖耳。把村子玩弄于股掌之中，用的是钱，既然钱是唯一的方法。当这些乡巴佬最后以为使他安分守己了，当他们甚至开始喜欢他了，还称他为"唐洛可"，当他们开始崇拜他的财产，吻他的手时，他在一阵响亮的狂笑中把一切都焚烧了。这是他以前那么渴望的事。是的，洛可在坟墓里微笑，决不在乎他身后遗留下的是什么。

对于蒙特普西奥的村民来说，事情是一清二楚的。洛可·斯科塔转移了他的家族所遭到的诅咒。马斯卡尔松一族是私生子的一族，命里注定要发疯。洛可是第一个，后来的人不用怀疑只会更糟。洛可·斯科塔捐赠他的财产是要改变这个诅咒。他一家人今后不会再疯了，但是会穷。对蒙特普西奥人来说，这好像还是值得尊敬的。洛可·斯科塔没有回避。付出的代价是高的，但是公平的。他让他的孩子从今以后有可能做个好基督徒。

在父亲的墓前，三个孩子紧紧挨在一起。拉法埃莱也在那里，握着卡尔梅拉的手。他们没有哭。他们中间没有人对父亲的去世感到真正的痛苦。这不是哀伤使他们咬紧牙关，而是憎恨。他们明白他们的一切都已被剥夺，从今以后他们只能自食其力。他们明白一种野蛮的意志逼着他们过贫困的生活，而这个意志完全来自他们的父亲。多梅尼科、朱塞佩和卡尔梅拉注视脚下的洞穴，觉得他们的生命整个儿都埋了进去。他们明天靠什么生活？拿什么钱？在哪儿？因为即使庄院也捐了出去。他们必须具备怎样的力量去进行正在出现的斗争。他们紧紧挨在一起，在今后的日子里充满仇恨。他们已经明白是这样的。他们在别人对他们投来的目光中已经感到这点：他们从今以后是穷人，穷得连肚子也吃不饱。

我爱上这里来。我已来过好多次了。这块地很古老，上面只生野草，风一扫就没了。还可以看见村子里的几缕光，很淡。那里是教堂的钟楼楼顶，这里什么都没有。除了这只木头家具，一半埋在土里。唐萨尔瓦托尔，我要带您来的是这儿，我要我们坐的是这儿。您知道这个家具是什么吗？这是教堂从前用的一只神工架，唐乔尔乔那个时代使用的那个。您的前任把它换了下来。那些负责搬的人把它搬出教堂，就留在了这里，此后再也没有人去碰过它。它逐渐腐朽，漆掉了，木头酥了，坍塌在土里。我经常在上面坐。它属于我的时代。

　　我不忏悔，唐萨尔瓦托尔，您不要误会。我把您带到了这里，我要求您挨着我坐在这张老木凳上，不是要您给我祝福。斯科塔家人不忏悔。我的父亲是最后一个。您不要皱眉头，我不是在冒犯您。我只不过是洛可的女儿，即使我恨了他很久，这不改变一丝一毫。他的血在我的身上流。

　　我记得他临终躺在床上。他身上流汗发光，他的脸色苍白，皮肤下已经是一片死色。他还是趁机环顾四周。全村的人都挤在那个小房间里。他的目光扫过他的妻子、他的孩子、他曾经虐待过的人，他带着濒死者的笑容："你们高兴吧，我死了。"这两句话仿佛在我脸上掴了一巴掌，感到火辣辣的。"你们高兴吧，我死了。"蒙特普西奥人肯定是高兴的，但是我们三人在床边、张开空洞的大眼睛注视他。我们会得到什么样的欢乐？他死了我们有什么高兴的？这句话却不加区别地用在我们大家身上。洛可一直是单独面对世界。我应该憎恨他，像个被侮辱的孩子对他只怀着仇恨。但是我不能够，唐萨尔瓦托尔。我记起了他的一个手势，就在他上床死去之前，他伸手抚摸我的头发。什么话都不说。他从不做这样的动作。他伸出男人的手抚摸我的头，轻轻地，我一点不知道这个动作是一个补充的诅咒，还是温情的表示，我不能确定。我最后认为他同时要表达这两层意思。他抚摸我，像个父亲抚摸他的女儿，他又像个敌人才会做的那样，把厄运放入我的头发。通过这个动作我成了我父亲的女儿。他对我的哥哥就没有这样做。唯有我打上了这个烙印。在我的身上压上了全部重担。唯有我做了我父亲的女儿。多梅尼科和朱塞佩随着年份平静地诞生的。仿佛他们不是哪个父母孕育的。而对我他做了这个动作。他选择了我。我为此自豪，即使他做这个动作是为了诅咒我，对事情也毫无改变。这您能够明白吗？

我是洛可的女儿，唐萨尔瓦托尔。不要等着我做任何忏悔。教会与斯科塔家订的盟约已经撕毁。我把您带到这个放在露天下的神工架，因为我不愿意在教堂里见您。我不愿意低着头跟您说话，带着忏悔者颤抖的声音。这里这么一个地方很适合斯科塔家的人。吹着风，黑夜包围我们。没有人听到我们，除了会把我们的声音反弹的石头。我们坐在一块被时光虐待的木头上。这些虫蛀的木板听到过那么多的忏悔，世上的苦难已经听不进去了。成千上万胆怯的声音喃喃叙说人的罪恶，承认人的错误，揭露人的丑恶。唐乔尔乔是在这里听这些声音的。在这里他听我父亲的忏悔，在他那个忏悔之夜，一直听到恶心为止。唐萨尔瓦托尔，这些话都浸润到这些木板中去了。那些狂风之夜，跟今天一样，我听到这些声音再度响起。那些年来聚积的成千上万有罪的呢喃声，欲哭又止的眼泪，感到耻辱的忏悔，都一齐卷土重来。这些痛苦就像蜿蜒的浓雾，风吹弥漫，满山岗都是。这对我有帮助。我只有在这里会说话，在这张旧凳子上。我只有在这里会说话，但是我不对自己进行忏悔。因为我并不想从您那里得到任何祝福，我并不想洗刷我的错误。这些错误在我的心里，我带着它们走向死亡。但是我要把这些事说出来，然后我消失。在夏夜的风中可能还留下一种香味，一个生命的香味，跟岩石和野草的气息混杂在一起。

三　穷人的归来

"等一等，"朱塞佩大叫，"等一等！"

多梅尼科和卡尔梅拉停下，转过身，瞧着他们的兄弟，在几米路外用单腿跳着过来。

"什么事？"多梅尼科问。

"我鞋里有一粒石子。"

他坐在路边上，要解鞋带。

"它痛了我至少两个钟点了。"他又说。

"两个钟点？"多梅尼科问。

"是的。"朱塞佩肯定说。

"你不能再坚持一会儿？我们快到了。"

"你要我跛着腿回家？"

多梅尼科厉声骂了一句响亮的粗话："操你的吧！"他的妹妹卡尔梅拉听了大声笑了起来。

他们在路边停顿一下，其实也很高兴借这个机会歇口气，瞧着还剩下的那一段路。他们给弄痛朱塞佩的小石子祝福，因为这是他们等待的借口。朱塞佩慢条斯理地脱鞋，仿佛在仔细品味这个时刻。重要的不是这里。蒙特普西奥现在已在他们脚下。他们注视自己的故乡，眼睛看不厌似的，还闪烁一种幽忧。这种内心的焦虑，游子归来时都会有的。这种难以抑止的情绪由来已久，害怕在他们不在时过去的一切都被吞没了。街道不再是他们离开时的模样。他们认识的人都已消失，或者更糟的是接待他们时，厌恶地噘嘴，不怀好意的目光在说："喔，你们回来了，你们啊！"他们在路边停下时都有这种焦虑，朱塞佩鞋里的小石子则是一种天意。因为他们每个人都愿意有时间远眺一下村庄，歇口气，在往下走以前画个十字。

他们上次离开才过去了一年，但是他们老了，他们的面孔线条硬了，他们的目光也严厉有力。度过了另一种人生，这个人生中有悲痛、狼狈和意外的欢乐。

多梅尼科也称"米米"，因为他每句话的末了都以带"米米"这个音的粗话结束，但是他说话的音调拖沓，仿佛这不是一句骂人话，而是一种新的标点符号。多梅尼科长大成了一个男人。他其实只有十八岁，人家都会多给他加上十岁。他面貌粗犷，不美，目光尖锐，仿佛生来是掂量对方价值的。他身子强壮，手掌宽厚，但是他的全部精力是用最大速度跟与他交往的人说这样的话："这个人我们可以信任他吗？""有没有办法去弄点钱来？"这些问题不用再在他的脑子里进行组织，而是好像消融在他的血管里了。

朱塞佩依然保持孩子时代的五官容貌。他小两岁，尽管岁月过去，还是一张圆的娃娃脸。从天性来说他善于给他们三人排难解纷。他经常会兴高采烈，对哥哥与妹妹充满信任，以致很少时日他会为第二天的事垂头丧气、绝望。他的外号是"圆肚皮佩佩"，因为吃饱肚子是他在世上最喜爱的境界。他首先念念不忘的是吃饱肚子。能够吃上一顿像样的饭，这一天才可宣称为好日子。一天能吃上两顿那是个例外，可使朱塞佩兴致勃勃过上好几天。多少次在从那不勒斯到蒙特普西奥的公路上，他回想起前一天大口吃的那一碗丸子或面糊，不是还会笑出来吗？那时候他会在尘土飞扬的大路上自顾自说话，像个心满意足的人笑眯眯，仿佛不再感到疲劳，内心找到一种快乐的力量，会使他突然高声吼叫："圣母玛利亚，多好吃的面糊呀！"……然后贪婪问哥哥："米米，你记得吗？"接着就对那碗面糊无休止地描写，它的配料，它的味道，跟它配吃的沙司，他还不罢休："米米，你记得吧，配上那个红的汁？好像跟肉一起煮出来的，你记得吗？"米米听他喋喋不休的谵妄幻想听烦了，终于冲口说："操你的，你和你的面！"这就是在说，还有路要走，腿已经酸了，真还不知道什么时候可以吃到这样美味的面糊呢。

卡尔梅拉，她的哥哥都亲昵地叫她缪西娅，还是个孩子。

她有孩子的身体与孩子的声音。但是最近这几个月给她带来的变化比两位哥哥更大。在他们的流浪生活中，总是她引起他们最大的悲伤和最大的欢乐。没有人曾经责备过她，但是她明白这一切都是她的错引起的。到了紧急关头一切也是靠了她得救的。这使她在心里产生一种超越她的年龄的责任感和机灵。在日常生活中，她保持少女的心态，哥哥的逗乐使她发笑，但是当命运打击他们的时候，她发命令，咬紧牙关抗争。在回家的路上是她掌握驴子的缰绳。两位哥哥把他们的财物都交到了她的手中。驴子和驴背驮着的一堆东西，那是几只袋子，一把茶壶，荷兰瓷盘，一只编织椅子，一套铜制餐具，几条被子。驴子驮物认真负责。这些物件单独来看，没有一件是有价值的，但是凑在一起，则建立起他们生活的必需品。他们沿途积累的钱，放在一只袋子里，也是由妹妹保管。卡尔梅拉怀着穷人的急切心情看管着这笔宝藏。

"你们认为他们把灯笼点上了吗？"

朱塞佩的声音打破山岗的寂静。三天前，一位骑马的人追上了他们。闲谈了一会以后，斯科塔兄妹说他们回蒙特普西奥的老家去。骑马的人答应他们会去宣布他们正在回家的消息。朱塞佩想到的是这件事。在加里巴尔第大街上点燃灯笼，在移民回乡的那些日子里都是这样做的。点灯笼是欢迎"美国人"重返故里。

"肯定不会的，"多梅尼科回答说。"灯笼……"他耸耸肩膀又说了一句。他们又被一片寂静包围。

肯定不会的。不应该盼望给斯科塔一家点什么灯笼。朱塞佩有一时面色沮丧。多梅尼科说这话，语气好像不容别人反驳。但是他自己也想到了这件事。是的，灯笼，只是为他们点。全村的人都在那里。小卡尔梅拉也想到这件事。从加里巴尔第大街进去，又见到满是泪水与笑容的面孔。他们三人都在这样梦想。是的，是这样的，灯笼，这就美了。

风已经刮起，扫走了山岗上的气味。夕阳余晖正徐徐消失。那时，他们一声不出，动作一致地重新赶路，像受到村子的吸收，同时又心急又害怕。

他们在夜色中走进蒙特普西奥。加里巴尔第大街就在他们眼前，跟他们十个月前离开时没有什么两样。但是路上是空的。风顺着大路吹来，在弓着背匆匆而逃的猫身上呼哨。没有一个人影儿。村庄在睡觉，驴子的蹄声咯嗒咯嗒，正传出孤独的回响。

多梅尼科、朱塞佩、卡尔梅拉往前走，咬紧牙床。他们无心对看一眼。他们无心说话。他们恨自己竟会抱着这样愚蠢的希望——灯笼……但是什么样的鬼灯笼？……现在他们握紧拳头，不声不响。

他们经过以前离开时还是吕奇·萨加洛尼亚服装饰品店的那个地方。显然发生了什么事。招牌掉在地上，门窗玻璃都打破了。这里再也没有货物出售或购买。他们见了很不舒服。并不是他们曾是这店的忠诚顾客，而是蒙特普西奥的任何变化对他们都不像是个好兆头。他们要看到的是从前离开时的景象。如果说吕奇·萨加洛尼亚掌握不了他的那家店，其他还有什么倒霉的事那只有上帝知道了。

当他们在大街上再往前走时，他们看到一个男人的身影，在风中靠墙蹲着睡过去了。他们首先想到这是一名醉汉，但是当他们走到离他只有几步路时，朱塞佩叫了起来："拉法埃莱！这是拉法埃莱。"这声叫把男孩子惊醒了。他一跃而起。斯科塔兄妹高声欢叫。拉法埃莱的眼睛闪烁幸福的光芒，但是他不停地责骂自己。他为自己竟可悲地没能迎候朋友的归来而感到羞惭。他为了这一时刻作了准备，若有需要他会整夜走来走去候着的，后来渐渐体力不济了，他在蒙眬中睡着了。

"你们来了……"他说，两目含着眼泪，"米米，佩佩，……你们来了……我的朋友，让我瞧瞧你们！缪西娅！而我却睡着了。我做得太蠢了。我愿意看着你们远远地走过来……"

他们拥抱，搂腰，拍背。至少一件事在蒙特普西奥没有变化，那就是拉法埃莱还在这里。这个年轻人不知从何说起。他甚至没有注意到驴子和驴背上的小山。他是立即被卡尔梅拉的美貌镇住了，但是这更加剧了他的慌乱和口吃。

拉法埃莱终于一字一顿说出几句话。他邀请他的朋友上他的家去住。天已很晚，村子都在睡觉。斯科塔与蒙特普西奥的重逢可以等待到明天。斯科塔兄妹接受了他的邀请，还得你抢我夺，不让他们的朋友把他拿到的箱包都扛在背上。他现在住在河口边上的一间矮屋子里。在岩石上挖出的简陋窑洞，用石灰粉刷。拉法埃莱准备了一个惊喜。自从他获知斯科塔一家快要回来，他开始忙碌，毫不停歇。他买了几只大而圆的白面包，煮了一锅肉汤，准备面饼。他要设盛宴招待自己的朋友。

当他们在一张小木桌四周坐定，拉法埃莱端上一大盆亲手做的馄饨，浮在番茄浓汤上，朱塞佩哭了起来。他又尝到了家乡的美味。他又找到了他的老朋友。他毋须更多的要求了。加里巴尔第大街上所有的灯笼都点起来，也比不上他吃下这满满一盆冒气的热馄饨更使他满足。

他们吃着拉法埃莱抹上了番茄汁、橄榄油和盐的大片白面包，嚼得起劲。他们把汁水流淌的面饼吃在嘴里溶化。他们吃着，没有发觉拉法埃莱瞧着他们脸色凄凉。过了一会儿，卡尔梅拉注意到他们的朋友没有说话。

"拉法埃莱，有什么事吗？"她问。

年轻人笑笑。在他的朋友吃完以前他不愿意说。他要说的话还可以等待片刻。他要看到他们用餐完毕。让朱塞佩高高兴兴。让他有时间，有滋有味地舔盘子。

"拉法埃莱？"卡尔梅拉追问不休。

"还是给我说说纽约，纽约是什么样的？"

他提这个问题装得很兴奋。他试图拖延时间。卡尔梅拉不会受他的骗。

"拉法埃莱，你先说。把你要说的话说出来。"

两兄弟从盘子上抬起头。妹妹的语气一听就知道正有什么意外的事会发生。大家都瞧着拉法埃莱。他的脸色苍白。

"我要跟你们说的……"他喃喃地说了半句说不下去了。斯科塔兄妹一动不动。"你们的母亲……聋哑女……"他继续说，"她走了到现在已有两个月了。"

他低下头。斯科塔兄妹一句话不说。他们等待。拉法埃莱明白他应该详细说，一切都必须和盘托出。于是他抬起眼睛，他的伤心的声音使屋子充满悲哀。

聋哑女患上了疟疾。她的孩子离家后的最初几周，她强自振作，但是很快体力衰退。她努力争取时间。她希望坚持到家里人回来。至少等到有了他们消息的那天，但是她做不到，一次激烈发病后撑不住了。

"唐乔尔乔有没有给她体面地下葬？"多梅尼科问。

他的问题等了好长一会儿没有回答。拉法埃莱在受折磨。他要说的话使他痛彻心扉。但是他必须把这杯苦酒喝到底，什么都不隐瞒。

"唐乔尔乔走在她的前面。他像个老人那样死去，嘴里带着笑，双手交叉放在胸前。"

"我们的母亲是怎么下葬的？"卡尔梅拉问，她觉得拉法埃莱没有回答这个问题，这个沉默隐藏着另一件祸事。

"我没能够做什么，"拉法埃莱喃喃地说，"我到得太迟了。我出海去了。去了整整两天。当我回来时，她已经下葬了。是那位新神父负责办的。他们把她葬在义冢里。我没能够做什么。"

斯科塔兄妹现在面孔气得铁青。牙关咬紧。目光乌黑。"义冢"这个词打在他们的脑门上，像一记巴掌。

"这个新神父叫什么名字？"多梅尼科问。

"唐卡洛·博佐尼。"拉法埃莱回答。

"我们明天去找他。"多梅尼科语气肯定说，大家从他的声音听来已经知道他会问什么，只是今晚他不愿意谈。

他们没有把饭吃完就上床了。他们中间谁都没有说一句话。必须保持沉默，让居丧人的痛苦侵占整个身子。

第二天，卡尔梅拉、朱塞佩、多梅尼科和拉法埃莱起身后就去参加晨祷。他们在清晨凛冽的空气中找到新神父。

"神父。"多梅尼科高喊。

"是的，我的孩子，我能为你们做什么？"他柔声说。

"我们是聋哑女的孩子。"

"谁的孩子？"

"聋哑女。"

"这可不是一个名字啊。"唐卡洛说，唇上露出浅笑。

"这是她的名字。"卡尔梅拉冷冷打断他的话说。

"我问你们她的基督徒名字。"神父又说。

"她没有其他名字。"

"我能为你们做什么呢？"

"她在几个月前去世了，"多梅尼科说，"您把她葬在义冢里了。"

"我记起来了。是的。我的孩子，请接受我的致哀。不要难过，你们的母亲现在跟我们的主在一起。"

"我们是为葬礼的事来看您的，"卡尔梅拉又打断他的话说。

"你们自己说过的，她已被体面地安葬了。"

"她是斯科塔家的人。"

"是的。斯科塔家的人。好吧，很好。你们看她还是有个名字的。"

"应该把她像个斯科塔那样安葬。"卡尔梅拉又说。

"我们把她像个基督徒那样安葬。"唐博佐尼纠正说。

多梅尼科气得脸色发白。他斩钉截铁地说：

"不，我的神父。像个斯科塔。这里写着的。"

他那时把洛可和唐乔尔乔签订的约定递给唐博佐尼看。神父在静默中阅读。他怒火上升，最后按捺不住：

"这样的事，算是怎么一回事？荒谬绝伦！这就是迷信。魔法，我真不知怎么说。这个唐乔尔乔凭什么代替教会签约？一名邪教徒，是的。一个斯科塔！做出来的好事。你们自称是基督徒。其实是满脑子邪门歪道的异教徒，这里的人都是这个样。一个斯科塔！她像其他人一样埋入地下。她能够希望的就是这个。"

"神父……"朱塞佩试探说，"教会跟我们的家庭订过一份约定。"

但是神父没让他说下去。他已经号叫起来：

"这真是精神错乱。跟斯科塔家的约定。你们在说胡话吧。"

他突然一个动作，给自己开了一条道，直冲到教堂门口，不见了。

斯科塔兄妹不在，也就无法完成一项神圣的职责，这就是他们自己挖墓穴来安葬母亲。儿子都要做这最后一件事以尽孝道。现在他们回到了家，决定让母亲获得死后的荣耀。孤独度日、葬身义冢、被人毁约，这都是奇耻大辱。他们约定当夜就拿了铲子，去给聋哑女迁坟。让她重新安葬在由她的子女挖的墓穴里。就是在公墓的围墙外面也在所不惜。这也胜过长眠在不留名字的义冢地里。

夜色降临，他们如约聚在一起。拉法埃莱带来了铲子。天冷。他们像小偷似的溜进公墓围墙。

"米米?"朱塞佩问。

"什么事?"

"你肯定我们不是在做犯罪的事吗?"

多梅尼科还没能回答弟弟以前，卡尔梅拉的声音响起。

"这个义冢就是一种亵渎。"

朱塞佩于是下决心拿起他的铲子，断定说:"你说得有道理，缪西娅，没什么犹豫的了。"

他们对着义冢的冷土挖了起来，不说一句话。愈往下挖，每铲子的土愈难举起。他们觉得随时随地都有可能把那一大片死人惊醒。他们试图不发抖。面对地里冒起的恶臭试图不跟跄。

他们的铲子终于碰到了一只木棺。他们不懈地扳动才把它拉出了土。在松木做的棺盖上有刀子刻出的"斯科塔"。他们的母亲在这里。在这个丑陋的盒子里，像个低贱的人那样下葬。没有大理石，也没有仪式。他们把她扛在肩上，像几个忙碌的盗墓贼走出了坟场。他们一时沿着围墙，一直走到一座土台，那里谁都看不见他们。他们把母亲尸体放下。接着就是挖坑了。但愿聋哑女在黑夜中感到子女的喘气。正当他们准备开始挖坑时，朱塞佩向拉法埃莱转过身，问他：

"你跟我们一起挖？"

拉法埃莱好像发呆似的。朱塞佩要他这么做，不是仅仅要求多个帮手，不是要他跟他们一起出汗，不，而是要他像个儿子一样埋葬聋哑女。拉法埃莱脸色苍白。朱塞佩和多梅尼科瞧着他，等待他的回答。显然朱塞佩是以斯科塔三兄妹的名义提出这个问题的。没有人感到惊奇。大家等待拉法埃莱选择。在聋哑女的坟前，拉法埃莱满目含泪抓起一把铲子。"当然。"他说。这如同轮到他做一个斯科塔家的人。仿佛这具可怜的女尸在给他带来母亲的祝福。他现在可以说是他们的兄弟了。完全好像他身上流的是同样的血，他们的兄弟。他紧紧握住铲子不让自己呜呜哭出来。正当开始挖时，他抬起头，目光落在卡尔梅拉身上。她在那里，在他们身边。安静，沉默。她瞧着他们干活。他心头一阵绞痛，目光中有一种深沉的遗憾。缪西娅，她多么美丽，缪西娅。他从今以后只能带着兄弟的目光去看她。他把这个遗憾压在心灵最深处，低下头，没命地翻土。

当活儿干完，棺木重新盖上了泥土，他们默默过了一会。他们不愿意最后时刻不默哀一遍就离开。这一会儿过得很长，然后多梅尼科说话了：

"我们没有父母。我们姓斯科塔。四个人。我们是这样决定的。从今以后是这个姓氏使我们觉得温暖。但愿聋哑女原谅我们，我们只是今天才诞生。"

天气很冷，他们在翻动过的地面上低着头留了很久，紧紧挨在一起。单是斯科塔这个姓氏，确也足够让他们感到温暖了。拉法埃莱轻轻哭泣。他得到了一个家。两个哥哥和一个妹妹，为他们会不惜献出自己的生命。是的，从今以后他是第四个斯科塔，他在聋哑女的坟地上宣下这个誓。他姓斯科塔。拉法埃莱·斯科塔。蒙特普西奥人的轻视使他发笑。拉法埃莱·斯科塔。他们在美国旅行时他以为失去了他们，在蒙特普西奥孤苦伶仃，像个疯子独来独往，现在要全心全意在他所爱的人身边奋斗。拉法埃莱·斯科塔。是的。他发誓要不辱没这个新的姓氏。

唐萨尔瓦托尔，我是来跟您说一说去纽约的事。要不是天黑了，我是不敢说的。但是我们周围黑沉沉的，您慢慢抽烟，我必须完成我的任务。

给我的父亲葬礼办完后，唐乔尔乔召我们去，跟我们坦露他的计划。他在老村里找到一幢小屋子，我的母亲聋哑女可以去那里住。屋子破旧但是还过得去。她准备好了就可迁过去。至于我们，必须寻找另一个办法。在蒙特普西奥这里生活，不会给我们带来什么的。我们将在穷乡陋巷艰难度日，心中藏着被命运唾弃的愤怒。这一切不会有好事。唐乔尔乔不愿意我们一辈子穷苦潦倒。他想到了更妥善的安排。他想方设法在一艘往返于那不勒斯与纽约的船上弄到三张船票。由教会付钱。我们出发上这块大陆去，在那里贫民正在建筑比天空还高的大楼，穷光蛋的口袋有时藏着一笔财富。

我们立刻说可以。我记得当晚我的脑海中转动着幻想城市的疯狂图像，我不停地像祈祷似的念这个使我眼睛发亮的词：纽约……纽约……

我们离开蒙特普西奥去那不勒斯，由唐乔尔乔一路陪着，他要送我们到码头。这时我觉得大地在我们脚下震动，仿佛它责骂这些居然有胆量试图抛弃它的孩子。我们离开加加诺，往下走到贫瘠的福贾大平原，横越意大利直抵那不勒斯。我们眼睛睁得大大的，这是个叫声、污垢与热气的迷楼。大城市散发馊肉臭鱼的气味。斯巴加那波利的小街上，到处是圆肚皮和缺牙齿的孩子。

唐乔尔乔带了我们一直到港口，我们登上一艘船，这类船是运载饿肚子的人而造的，在燃料油的粗气声中把他们从地球的一个角落运到另一个角落。我们挤在同类中间，待在甲板上。这都是些带着饥饿目光的欧洲穷人。整个家庭或者孤单的孩子。我们像其他人，手抓着手害怕在人群中失散。我们像其他人，第一夜没有睡着，害怕坏人的手把我们共盖的被子偷走。我们像其他人，巨轮离开那不勒斯海湾时都落下了眼泪。"生活开始了。"多梅尼科喃喃地说。意大利很快消失。我们像其他人，脸朝着美国，等待海岸出现在眼前，如在奇异的梦境中希望那里的一切都不一样：颜色、气味、法律、人。一切。更大。更温和。在海面行驶时，我们几个小时抓着栏杆，幻想着我们这样的穷人也会受欢迎的那片大陆是怎么样的，日子很长，但是这没有什么，因为我们做的梦需要充分的时间在我们的思想里发酵。日子很长，但是我们让它们幸福地过去，既然世界正在开始。

终于有一天，我们进入了纽约湾。轮船慢慢地朝着埃利斯小岛驶去。那天的欢乐，唐萨尔瓦托尔，我永世不会忘记。我们跳啊唱啊。甲板上的人都似痴如醉，激动异常。每个人都要看新大陆。我们朝着被轮船超越的渔船欢叫。大家都指着曼哈顿的高楼大厦。我们对岸上的每个细节都贪婪地看着。

船只终于靠岸时，我们在欢乐性急慌张的嘈杂声中下船。人群挤满小岛上的大厅。世界各国的人都在这里。我们听到的一些语言，原来以为是米兰语或罗马语，但是我们接着不得不承认这里发生的事要宽广得多，各国的人都在我们身边。我们原本会感到迷失的。我们是外国人。我们什么都不懂。但是唐萨尔瓦托尔，一种奇异的感情侵入我们内心。我们有这个信念：我们来这里是找到了位子。在这些迷失的人群中，人声鼎沸，什么口音都有，我们都犹如置身在自己家里。从脸上的沧桑，从心里的恐惧来说，彼此都有，我们与周围的人是兄弟。唐乔尔乔说得有道理。这里有我们的位子。在这个跟哪个国家都不像的国家里。我们在美国，再也没有东西可以使我们害怕的。蒙特普西奥的生活从此在我们看来已很遥远而且丑恶。我们在美国，夜晚做的是欢乐与挨饿的梦。

　　唐萨尔瓦托尔，要是我的声音哽咽，要是我低下眼睛，您不要在意，我要给您说的事是没有人知道的。没有人，除了斯科塔家的人。请听着，黑夜是广阔的，我将把一切都说出来。

　　到了目的地，我们怀着兴奋的心情下船。我们快乐性急。大家必须等待，但是这对我们都不重要。我们没完没了地排队。这些奇怪的手续我们一点不懂，我们都一一去办。一切都慢。有人领着我们到一个台前，然后又去另一个台。我们紧紧挨在一起，害怕失散。几小时过去，人群好像没有缩小。每个人都跺脚。多梅尼科总是走在前头。有一个时候，他对我们说我们去到医生面前，伸舌头，深呼吸好几次，假使有人要求不要害怕解开衬衣。这一切都要照办，但是没关系，需要的话我们也有心理准备去等上几天。这个国家在这里啦。唾手可得。

　　当我经过医生面前，他做个手势拦住我。他检查我的眼睛，什么都没说而在我手里用粉笔做个记号。我想问为什么，但是有人示意我到另一个房间去。第二名医生给我听诊。时间更多一些。他向我提了几个问题，但是我没懂，我不知怎样回答。我是个女孩子，唐萨尔瓦托尔，是个女孩子，在这些陌生人面前双膝发抖，他们对着我就像对着一头牲畜俯下身。过了一会儿，我的哥哥找着了我。他们不得不耍了强才被让道走了过去。

只是当一名翻译到来，我们才明白是怎么一回事。我有传染病。我在船上确实病了好几天。发烧、腹泻、红眼睛，但是我想这会过去的。我是个女孩子，到纽约去，我觉得什么病都不会使我躺倒。那个男人说了好久，我听明白的只是对我来说旅行到此为止。我脚下的大地在崩溃。唐萨尔瓦托尔，我被拒绝入境。一切都完了。我惭愧，低下头，不去接触哥哥的目光。他们在我旁边保持沉默。我注视移民的长蛇阵，他们继续在我面前经过，我只想到一件事："所有这些人都能过去，即使那边那个体弱的女人，甚至那个可能在两个月后就死了的老头儿，所有这些人，而我，为什么我就不能过去？"

翻译又说话了："您要回去……船票是免费的……没有问题……免费的……"他嘴里就是只有这句话。这时朱塞佩向多梅尼科提议他独自往前走。"米米，你过去。我留下陪缪西娅。"

我不说什么。我们的一生全在这里决定了。在两个房间之间的这场讨论中。我们的一生，今后的岁月，但是我不说什么。我说不出来。我一点力气也没有。我惭愧，只有惭愧。我只能听，把自己交给两位哥哥。我们三个人生全在这里决定了。都是我一人的错。一切取决于他们怎么决定。朱塞佩反复说："这样最好，米米。你过去，你一个人会闯出来的。我跟缪西娅一起留下。我们回老家去。以后再试试。"

过了过不完的一段时间。相信我，唐萨尔瓦托尔，只是只一分钟我老了好几岁。一切都悬在空中。我等待。这时候命运可能压着我们三个人的人生，选择它所乐意的一种世运。然后多梅尼科开口说话："不，我们一起来的，我们也一起回去。"朱塞佩还要坚持，但是多梅尼科截断他的话。他已经作出决定。他咬紧牙关，干脆利落挥动手，我永远也忘不了这个手势："要么三人都去，要么三人都不去。他们不愿意留下我们。就让他们见鬼去吧。"

四　不声不响人的烟草

聋哑女尸体的挖掘与第二次安葬，在蒙特普西奥引发了一场地震。从此在公墓外面有一堆翻土形成的小丘，瞒不过谁的眼睛，就像在村镇的面孔上长出了一只难看的疣。蒙特普西奥村民害怕这件事暴露出来。害怕这消息一传开去，整个区的人都会指着他们骂。他们担心有人会说蒙特普西奥的死者得不到应有的埋葬。在蒙特普西奥，公墓的地面像农田那样翻动过。这座荒冢另处一侧，倒像个永远的谴责。唐卡洛怒气难消。他到处乱骂。他说到有人亵渎墓穴。对他来说，斯科塔家人胆大妄为。掘坟盗尸是无信仰的人所作所为。他从不相信意大利竟还存在这样的野蛮人。

有一个夜里，他按捺不住，竟走到那堆土丘前，把斯科塔兄妹插在上面的木十字架拔掉，盛怒下一个手势把它折了。坟墓就这个样过了几天。然后十字架又出现了。神父准备进行第二次讨伐，但是每次他拔了十字架又会出现。唐尔洛以为他是跟斯科塔在斗法，他错了，他这是跟整个村庄在交手。每天，一些不留名的人看到这座没有墓碑没有坟台的荒冢心里反感，就放上一个木十字架。经过几星期的捉迷藏，一个村民代表团来找唐卡洛，企图让他改变主意。他们要求他举行一次仪式，同意让聋哑女回到坟地。有人还建议免得这个可怜的女人再一次曝尸，索性公墓拆墙重建，把弃绝者的坟围在里面。唐卡洛根本听不进去。他对村民的轻视程度只是有增无减。他变得急躁易怒，动辄大发雷霆。

从这时起，博佐尼神父受到蒙特普西奥全体村民的憎恨。村民都先后发誓，只要这个"北方蠢神父"在那里主持仪式，他们再也不踏进教堂一步。斯科塔兄妹前来要求什么，村民们都拭目以待。当他们获知聋哑女的死讯，立刻想到的是她的葬礼将会和洛可的一样风光。唐卡洛的决定激起公愤。这位外来的神父，擅自改变村里不可更改的规矩，把自己当成谁了？妇女们在市场上说到唐卡洛，都称为是"新来的"，这个新来的人的决定在他们看来是对他们热爱的唐乔尔乔的一种侮辱。为这件事没有人能够原谅他。"新来的"蔑视习俗民情。他不知从哪儿来这里作福作威。斯科塔家受到了侮辱。通过他们，受侮辱的是全村人。没有人见过这么一场葬礼。这个人虽说是神父，却什么都不知尊重，蒙特普西奥不要他。但是产生这种激烈的控诉行为还有另一个原因，这就是害怕。从前对洛可·斯科塔·马斯卡尔松的恐惧还没有完全消除。唐卡洛对他的妻子草草埋葬,会给全村招来洛可的愤怒。大家还记得他生前的种种罪恶,想到他死后也可能为非作歹就会发抖。不用说,蒙特普西奥就要遭殃了。地震。或者大旱灾。洛可·斯科塔·马斯卡尔松的气息已经飘荡在空中。在傍晚刮起的热风中大家可以感到。

蒙特普西奥与斯科塔一家保持的关系,掺杂着轻蔑、骄傲与恐惧。平时,镇上人都不关心卡尔梅拉、多梅尼科和朱塞佩。这只不过是三个挨饿的人,强盗的子女。但是一旦有人试图动一动他们一根毫毛或者污辱野蛮人洛可的身后名誉,就会激起村民心中一股母爱去保护他们,就像母狼保护它的狼仔。"斯科塔兄妹是无赖,但是他们是我们村里的人。"这是大多数蒙特普西奥人的想法。后来,他们去了纽约。这件事给他们带上一种神圣的色彩,使他们在大多数的村民眼里成为不可攻击的人。

几天之内,教堂里无人光顾。没有人参加弥撒。在路上也没有人对唐卡洛打招呼。大家给他按上一个新绰号,这无异于一份死亡判决书:"米兰人"。蒙特普西奥又回复到祖先信奉异教的时代。他们避开教会举行形形色色的仪式。在山岗上跳塔兰泰拉舞。渔民崇拜鱼头偶像，这是当地乡土神灵与水精的混合物。冬天，老妇人在屋子深处叫死人说话。屡屡有人在被认为有鬼附身的老实人身上除魔驱邪。有些人家的门前发现死动物。反抗正在酝酿。

这样过了几个月，直到有一天快近中午，蒙特普西奥出现不寻常的骚动。有一条流言散布开来，人人听了大惊失色。说的时候都压低了声音，老妇人画十字，每个人都在说那天早晨发生了大事。博佐尼神父死了。这还不是最糟的，他死得很离奇，碍于羞耻不好说出口。有好几小时大家也听不到更多情况。然后，随着白天过去，太阳把房屋正面晒热，流言的内容也确定了下来。唐卡洛被人发现在离蒙特普西奥有一日路程的山岗上，身上一丝不挂，舌头像条小牛那样拖出来。这怎么可能呢？唐卡洛单独一个人到离自己的教区那么远的山岗去做什么？这些问题，在喝周日咖啡时，男男女女三五成群，都在问了又问。还有更不得了的事。将近十一点钟，有人听说博佐尼神父的尸体被太阳的火晒焦了。全身都焦，即使面孔也是，虽然大家发现他的尸首时面孔是冲着泥地的。必须说有一点很明显，他在死前是赤身裸体的。他这样在太阳底下走了几小时，直至皮肤起泡，两脚出血，然后死于脱力与脱水。最主要的神秘依然令人难解：他为什么烈阳时刻要这样子单独一人在山岗上走呢？这个问题在蒙特普西奥被人津津乐道了好几年。但是在那天，为了至少暂时得出一个结论，大家就说显然是孤独引起他发疯，他一定是一天早晨起身后，神经错乱中决心不论用什么方法也要离开他那么憎恨的村子。而太阳则把他击倒了。但是对于一位宗教人士遭罹这种离奇的死亡，以及这种不雅观的裸尸，更增加村民的反感，肯定这个唐卡洛不是个东西。

拉法埃莱听到消息，脸色发青。他再三向人打听情况，不想离开那个广场，那里大家的议论无休无止，就像在小街上旋转的风。他要知道更多细节，了解详情，要肯定这一切都是真的。他听了这条消息样子非常沮丧，熟悉他的人都感到意外。他是斯科塔家的人，神父离开人世他应该兴高采烈才是。拉法埃莱在露天咖啡座停留了好久就是不离开。后来当他了解了事实，当他对神父的死讯不再心存怀疑，他在地上啐口水，喃喃地说："这个王八蛋就是要我跟他一起死。"

前一天，这两个人在山岗上狭路相逢。拉法埃莱从海边回来。唐卡洛一个人在散步。在当地的小径上踯躅是他唯一的消遣。村子对他实施的隔离政策，起初让他大光其火，接下来几周陷入昏昏沉沉的孤寂。他的神志模糊了。那么孤立使他在精神上难以支撑。留在村子里成为真正的苦难。只有在野外散步时才得到片刻的安宁。

这是拉法埃莱首先开的口。他相信抓住这个机会有可能进行一次最后的谈判。

"唐卡洛，"他说，"您伤害了我们。现在是您回心转意的时候了。"

"你们是一群白痴，"神父以吼叫作为回答，"天主看到你们，他会来惩罚你们的。"

拉法埃莱心头火起，但是还是控制自己，继续说。

"您恨我们。好吧。但是您惩罚的那位妇女跟这些事没有关系。聋哑女有权利被葬在公墓里。"

"在你们把她挖出来以前她就是葬在那里的。这个罪女养出这一帮没信仰的人，才遭到了这样的报应。"

拉法埃莱脸色变青，他觉得就是山岗也向他暗示必须报复这样的侮辱。

"您不配您这身衣服，博佐尼。您听到我说的了吗？您是个披了黑长袍的耗子。剥下这身衣服，剥下来，不然我把您宰了。"

他像条恶狗似的朝神父扑去。他抓住他的衣领，愤怒地一把扯下他的黑袍子。神父这下没有料到。他手足无措，气都透不过来。拉法埃莱不放手。他像个白痴似的嗥叫："脱光，臭尸，脱光！"他一边用拳头捶他，一边用力撕碎神父的长袍。

只有把博佐尼神父的衣服全部剥下后他才平静下来。唐卡洛不作反抗了。他像个孩子那么哭泣，两只肥胖的手遮住前胸。他念祈祷，仿佛他面对的是一群异教徒。拉法埃莱带着恶毒的报复心情大叫："您就这样一丝不挂地走吧。您没有权利穿这样的衣服。我若再看到您穿上，看我不杀了您，听见了吗？"

唐卡洛没有回答。他哭着走远后消失了。他没有再回来。这幕情景使他神思恍惚而没能恢复。他在山岗里游荡，像个迷路的孩子。也顾不得疲劳与阳光。他游荡了很久之后，力气耗尽，倒在这块他那么痛恨的南方土地上。

拉法埃莱在他痛殴神父的地方待了一会儿。他没有动，等待怒气消下来，恢复理智，这样可以回到村里时脸上若无其事。在他的脚下放着神父的破衣。他目不转睛看着它。一缕阳光照着他眨了一下眼睛。阳光中有什么东西在闪烁。他不加思索地俯下身，拣起了一只金表。如果他在这时走了，很可能他会厌恶地把表远远扔掉，但是他没有动。他觉得他还没有把事情做完。他又俯下身，慢慢地，细心地，拣起那件撕破的法衣，搜索衣上的口袋。他掏空了唐博佐尼的钱包，把它留在离小道稍远的地方，像个空的骨架子那样打开着。他手里抓了那把钞票和那只金表，脸上带了一种丑陋的痴笑。

"这个王八蛋就是要我跟他一起死。"拉法埃莱刚才才明白这场争吵导致了死亡，即使再三对自己说他没有杀过人，也感到这人之死会永远压在他的良心上。他又看到神父一丝不挂，哭得像个孩子，在山岗上走远，像个被判处放逐的可怜虫。"这下子我被害了，"他想，"被这个不值一提的混蛋害了。"

将近中午，博佐尼神父的尸体放在驴背上驮回蒙特普西奥。尸体上盖了一块毯子。这不是为了不让苍蝇叮尸体，而是免得女人和孩子看了神父赤裸裸的身子害怕。

一到蒙特普西奥又发生了意料不到的事情。驴子的主人原是个沉默寡言的农民，把尸体卸下放在教堂前面，然后高声宣称他已尽了职责，回自己的地里去了。尸体就留在那边，卷在一块毯子里，泥渍斑斑。大家都瞧着它。没有人动。蒙特普西奥人还记恨在心。没有人愿意埋葬他。没有人准备参加葬礼或者送殡。再说谁来主持弥撒？圣乔贡多神父调到了巴里。等他赶回来这个时间，唐卡洛的尸体早就腐烂了。过了一段时间，骄阳似火，晒得人无精打采。大家都承认再让这个米兰人的尸体暴晒下去，不久就会像一堆烂肉发臭。这不是在给他一次报复的良机吗。毒化蒙特普西奥的空气，岂不是散播疾病。不，必须把他埋葬。不是为了雅观和慈悲，而是肯定做到不让尸体害人。大家同意在公墓后面挖一个坑。在围墙的外面。由抽签决定选派四个人。他们不做圣事就把它扔进了土里，在一片静默中，唐卡洛就像个无信仰的人被埋葬了，在毒日头照射下，没有祷告。

对于蒙特普西奥人来说这场横死是一件大事，但是外界对此显然并不关心。那个小镇在唐卡洛消失以后又被主教团忘记了。这对于蒙特普西奥人很合适。他们已经习惯了。他们经过教堂关闭的大门前，有时还相互轻声说："再来一个博佐尼，那不如没有好。"害怕遭到神的什么谴责，又派来了一个新北方人，把他们当无赖对待，嘲笑他们村规习俗，不给他们的孩子施洗礼。

天庭仿佛听到了他们的话。没有人派来，教堂始终门户紧闭，犹如这些大家族的宫殿，一旦消失，在身后留下显赫的气派和干裂的旧石头。

斯科塔兄妹在蒙特普西奥又过起了他们的穷日子。四个人住在拉法埃莱家那个单间房里，拥挤不堪。各人都有活干，带回一些吃的，很少剩余。拉法埃莱打鱼。他自己没有船，但是早晨在港口，有人让他上船干上一天，分他一部分打来的鱼。多梅尼科和朱塞佩则给农场主当苦力。他们去收番茄或橄榄，砍木头，整整好几天冒着酷热，俯身耕种一块什么都不长的土地。至于卡尔梅拉，给他们三人做饭，洗全家的衣物，还给村里的人做些小件刺绣活儿。

他们没有碰一碰他们之间所谓的那笔"纽约钱"。很长时间他们认为这笔钱应该生利去买房子。目前他们必须束紧腰带，耐性等待，一旦时机出现他们就会买的。他们有足够的钱买一幢像样的房子，因为那个时代蒙特普西奥的石头不值钱。橄榄油要比当地的石头堆子贵得多。

可是有一晚，卡尔梅拉喝汤时抬起头来，宣布说：

"应该另作打算了。"

"什么？"朱塞佩问。

"纽约钱，"她解释说，"应该用来做别的，不买房子。"

"可笑，"多梅尼科说，"那我们去哪儿住？"

"我们要是买了房子，"卡尔梅拉反驳说，她对这一切已经思索了好几个小时，"那上帝让你们活一天，你们就得做牛做马流大汗，去赚一天的面包，其他什么也就别指望了。这样一年年过去，不，我们现在有这么点钱，应该买更值得的东西。"

"那是什么呢？"多梅尼科受到触动，问道。

"我还不知道。但是我会找到的。"

卡尔梅拉的道理使三位兄弟听了手足无措。她说得对。这是不容置疑的。买一幢房子，然后又是什么呢？若是能够买上四幢房子，那可以另当别论。应该找到其他办法。

"明天是星期天，"卡尔梅拉又说，"带我一起出去。我要看你们看到的东西，做你们做的事情，过上一整天。我观察。我会找到的。"

这下子，那些男人又不知怎么回答了。在蒙特普西奥，女人不能出门或者只是在白天几个规定的时间出门。如一清早上市场。还有望弥撒，但是自从唐卡洛去世以后，这样的出门机会就不存在了。还有就是摘橄榄、田野收获季节。还有主保瞻礼日。其余时间她们都留在家里，躲在房屋的厚墙头后面，晒不到太阳，避开男人的贪婪。卡尔梅拉说的事违反镇上的生活习俗，但是自从美国回来以后，斯科塔兄弟对妹妹的直觉是完全信任的。

"好吧。"多梅尼科说。

第二天，卡尔梅拉穿上最漂亮的长裙，由三位哥哥伴随着出了门。他们上咖啡馆，在那里像每个礼拜天那样，喝一种搅动肠子心乱跳的浓咖啡。然后他们坐上露天座的一张桌子，玩起了纸牌。卡尔梅拉也在一起，稍稍靠边一点。挺直身子坐在椅子上。她瞧着男人经过。她观察村子的生活。然后他们去拜访几名渔夫朋友。到了晚上，他们沿着加里巴尔第大街散步，来来回回，向认识的人致礼，打听当天的新闻。卡尔梅拉生平第一回在镇上的街道过完整整一天，在这男人的世界里，他们都惊讶地注视她。她听到背后有人议论。大家在问她上街干吗。大家评论她的穿着。但是她满不在乎，一心放在自己的任务上。晚上回到家里，她脱掉了鞋子感到轻松。脚已走痛了。多梅尼科站在她面前瞧着她，一句话不说。

"怎么样？"他终于问。朱塞佩和拉法埃莱抬起头，不出声，为了不漏过她回答的每一个字。

"香烟。"她平静地回答说。

"香烟？"

"是的。应该在蒙特普西奥开一家烟草店。"

多梅尼科容光焕发。烟草店。是的。蒙特普西奥还没有。食品杂货店里出售一些香烟，在市场上也可以找到，但是一家真正的烟草店，没有，在蒙特普西奥确实还没有。卡尔梅拉整天观察男人的生活。老镇上的渔民和大街上的市民唯一共同点，是所有男人都津津有味抽那些小香烟。在阴影里，在喝开胃酒时刻，或者在露天，在工作时间，个个都抽。这里面就有文章可做。开一家烟草店。是的。在大街上。卡尔梅拉有把握。一家烟草店。手可以放在火上发誓。这样的店会顾客盈门。

斯科塔兄妹想方设法要获取自己向往的财富。他们在加里巴尔第大街买了一间房。这是底层约三十平方米大的空房间。他们又买下了地窖做栈房。这样一来他们什么都没了。房产成交的当晚，卡尔梅拉脸色阴暗不说话。

　　"怎么啦?"多梅尼科问。

　　"我们已一个钱也不剩了，没法去买执照。"卡尔梅拉说。

　　"这要多少钱?"朱塞佩问。

　　"执照的费用是不多的，但是必须有足够的钱去巴结许可证局局长。给他送礼。每周都要送。直到他发给我们执照为止。我们没钱做这件事。"

　　多梅尼科和朱塞佩听了很沮丧。这是一个他们没有预料到的新障碍，他们也不知道如何克服。拉法埃莱瞧着他们三个，然后温和地对他们说:

　　"钱我有，我给你们。我只要求一件事，不要问我钱是从哪儿来的，有了多少时间，也不要问我为什么我从没跟你们说起这件事。我有。这是主要的。"

　　他把一束皱巴巴的纸币放在桌子上。这是博佐尼神父的钱。

拉法埃莱把表卖了。在那天以前他一直带在身上，既不知道拿它干吗，也不敢扔掉或花掉。斯科塔人欣喜雀跃，但即使那个时候，拉法埃莱也感觉不到丝毫轻松。博佐尼疯狂的影像依然在他的脑海里晃动，内心疚悔不安。

他们拿了拉法埃莱的钱，走门路去得到执照。此后六个月内，多梅尼科一月两次骑了驴子离开蒙特普西奥，直到圣乔贡多。那里有一家国家烟草专卖局。他给局长捎去火腿、梨形奶酪和几瓶柠檬酒。他来来回回，不知疲劳。所有的钱都花在购买这些礼品上。六个月后批了下来。斯科塔人终于获得了执照。他们又一无所有了，没有一分钱的储蓄。有的只是一间空房子的四堵墙壁和一张纸，准许他们有权利营业。甚至连进货的钱也没有。第一批几箱子香烟是赊买的。多梅尼科和朱塞佩到圣乔贡多去找货源。他们把货物装到驴背上，在回家的路上生平第一次觉得有什么事终于开始了。在这以前他们只是遭遇生活。环境逼迫他们做出选择。现在是第一次他们要为自己奋斗，这个前景令他们幸福地笑了起来。

香烟由他们放在纸箱上，一盒盒堆着。可以说像是个走私站。没有柜台，没有账台。只有堆在地上的货物。唯一让人看来这是个得到官方批准的专卖店，就是他们挂在门楣上的那块木头招牌，上面写着：斯科塔·马斯卡尔松第一烟草专卖店。蒙特普西奥第一家烟草专卖店就是这样诞生了。这是他们的店铺。从此以后他们一心一意惨淡经营，干得大汗淋漓，腰酸背痛，累死为止。经常通宵达旦。斯科塔家的命运维系在几箱子香烟上，他们清晨从驴背上卸下，那时农民还没有下地，渔夫还没有出海归来。他们的整个生活取决于男人紧抓在手指间，在夏日温和的晚风中缓缓缩短的白色烟支。一种充满汗水与烟雾的生活，在这里开始。他们的父亲逼迫他们陷入了贫困，终于出现了脱贫的转机。斯科塔·马斯卡尔松第一烟草专卖店。

我们在埃利斯岛待了九天。我们等待有船靠岸把我们带回去。九天，唐萨尔瓦托尔，凝望这个禁止我们上岸的国家。九天关在天堂的门外。在那里，我第一次回想父亲那夜忏悔后回到庄院，用手抚我头发的那个时刻。我好像觉得有一只手又在抚我的头发。跟以前的是同一只手。我父亲的手。这只手使我想起普利亚山岗上的恶风。这也是厄运的干枯的手，在这个橄榄树比人还得到更多关怀的乡土上，让几辈子的人只能做乡巴佬，从生到死在阳光下累死累活。

我们乘上了返程的船只，上船时的情景跟离开那不勒斯时不能相比，那时嘈杂喧哗。这次我们都在静默中，拖着死刑犯的缓慢步子寻找位子。上船的都是人间渣滓，全欧洲的病夫，穷人中的穷人。一船忍气吞声的悲哀。伤心人、罚入地狱人的船只，载着失败者挥之不去的耻辱回到老家。翻译没有说谎，旅行是免费的。反正也没有人还有钱买返程的船票。如果当局不愿意这些叫花子在埃利斯岛上扎堆，除了遣返他们回家以外也没有其他选择。然而，不是以一个国家和一个目的地租一条

101

船。遣返者的轮船横渡大西洋，一旦进入欧洲水域，慢慢地停靠一个个主要港口，把人当货物似的卸下。

这次旅行，唐萨尔瓦托尔，长得没有个完。在这艘船上时间节奏缓慢，就像医院里输血用的滴注器。船舱里有人正在死去。有人进入弥留，因病，因失望，因孤独。这些被一切抛弃的人很难找到一个支撑他们活下去的理由。他们带着模糊的微笑，经常毫不抗拒地沉入死亡，心底还庆幸结束了他们一生中连续不断的痛苦与辛酸。

我出人意料地恢复了体力。寒热退了。我不久就能够上甲板走来走去。我走下楼梯，穿越走廊。我到处都去。从一群人到另一群人。只几天工夫，人人都认识我，不论他们什么年纪，讲什么语言。我白天就帮着大家做点小事，缝袜子。给那位爱尔兰老人取一点水，或者给一位丹麦女士找个买主，她要卖掉一只银质小奖章，然后再去买一条被子。我知道每个人的姓名。我给病人擦额上的汗。我给老人准备饮食。大家叫我"小姑娘"。我还差遣哥哥，我嘱咐他们做什么。他们逢上晴天扶病人到甲板上，在船舱里分水。我们轮流当个信使、商人、护理和听忏悔的人，逐渐改善了自己的处境，赚上一些小钱，得到一些特权。好处是从哪儿来的呢？大部分是从死人身上来的。死者身后留下的一点遗物都归集体，这是一致公认的。要不这样做也很难。这些不幸的人大多数回到本国，没有亲友等着他们。他们的家人都留在了美国或者他们再也无心重新踏上的国家。他们藏在旧衣服里的几枚硬币，难道还要寄往一个永远达不到的地址去么？这笔战利品在船上重新分配。经常是船员首先拿来私分了。这时候我们就先下手。我们尽量让船员最迟知道消息，我们在货舱的黑暗角落瓜分。这要商量很长时间。如果死者的家人在船上，一切都归那些家属，在相反的情况下——这往往是最常见的——大家竭力做到公平无欺。为了继承三个线团和一双袜子，经常要谈上几小时才达成一致。我护理一名病人，决不是想到他时间不多了，马上可以从中得到好处，我向您发誓。我这样做是因为我需要磨炼，这是我找到的唯一的方法。

我特别护理的是一位我很喜欢的波兰老人。我从来没能把他的名字完整念出来：科尔尼夫斯基还是科尔兹尼夫斯基……我叫他科尔尼。他瘦小干瘪，约有七十岁。他的身体慢慢弃他而去。来美国时就有人劝他打消试试运气的念头，向他解释说他太老了，太弱了。但是他坚持要来。他愿意看一看大家都在议论的国家。他的体力不久就开始衰弱。眼睛始终含有笑意，但是人明显消瘦下来。他有时在我耳边嗫嚅几声，我听不懂，但是使我发笑，因为这些声音什么都像，就是不像一种语言。

科尔尼。我们生计窘迫，是他救我们脱离了苦海。他在我们抵达英国前去世了。他死的那夜风平浪静。在感觉自己不行时，他把我叫到身边，伸手交给我一块用绳扎住的碎布。他说了一句话，我没有听懂，然后仰首倒在床上，张开眼睛开始用拉丁语祈祷。我跟着他一起祈祷，直至死亡夺去他的最后一口气。

那块碎布包了八枚金币和一只银质耶稣蒙难小十字架。是这笔钱救了我们。

老科尔尼去世不久，轮船开始驶入欧洲各港口。首先停靠伦敦，然后在勒阿弗尔下锚，再启碇前往地中海，沿途泊在巴塞罗那、马赛，最后是那不勒斯。在每个码头下的是穷旅客，上的是货物。我们趁这时候做生意。船只每次停靠码头两至三天，这是让货物装船和船员喝酒买醉的时间。我们利用这些可贵的时间去买些商品，如茶、平底锅、烟草。我们选择每个城市的特产，又在下一站停靠时出售。这种生意很可笑，数量也微不足道，但是我们点点滴滴积蓄了一小笔钱。我们到达那不勒斯时要比上船那会儿有钱。唐萨尔瓦托尔，这是至关重要的。

这是我的骄傲。我们回家时比离家时富有。我发现自己有一种天赋，做生意的天赋。我的哥哥感到很惊讶。就是这一笔财富，辛辛苦苦攒三聚五而成的，让我们回到那不勒斯后，不致像畜生似的在贱民中间死去。

五　宴　会

夜色降临。卡尔梅拉拉上铁门。她不愿意再受打扰。她想："肯定还有几名迟来的顾客，但是要是幸运的话，他们看到店面已经半关了，不一定硬要进来。"好在不管怎样，他们就是叫唤，就是敲门，她也决定不去理会。她有事要做，不愿意再受打扰。她走到账台后面，双手神经质地抓住那只作为钱柜使用的木盒子。"正常情况下也应该对一对账了。"她想。她打开盒子，手指伸入这堆折皱的小票，试图把它们整理、摊平、点数。手指在纸堆里带着穷人的那种癫狂。她的手势表示焦虑。她带着恐惧等待着一份判决。这里面的钱够吗？平时她回家以后才轧账。不慌不忙。根据判断就可知道这天的生意好还是不好。并不急于要把钞票点清以后才心里踏实。但是这天晚上不一样。这天晚上，是的，她在店铺的暗影里捧着那个钱柜，就像小偷捧着他的赃物。

"五万里拉。"当一小堆钞票整整齐齐放在面前时，她终于喃喃地说。她拿起那束钞票，放进一只信封，然后把盒子留下的零钱倒入那只给她装每日收入的布钱袋。

然后她关上烟草店，动作迅速急促，像个在搞阴谋的人。

她没走回家的路，而是疾步转入马蒂里路。这时凌晨一点缺十分，路上无人。当她走到教堂前广场，她满意地看到自己先到。她不愿在公共椅子上坐下。刚刚走了几步，才有一个男人走近来。卡尔梅拉觉得自己像是个脸对着风吹的小女孩。那个人礼貌地向她点头行礼。她神经紧张。她不愿意这次见面拖得太久，害怕有人在这个不适当的时刻看到他们，全村的人就会喋喋不休了。她取出准备的信封，交给对方。

"这是给您的，唐卡尔丹拉。大家有言在先的。"

那个人微笑，把信封装入他的麻布裤的口袋里。

"您不点一点数吗？"她惊奇地问他。

那个人又微笑——表示他不需要这类谨慎的做法——然后向她致礼后消失了。

卡尔梅拉留在广场上。这一切只持续了几秒钟，她现在是单独一个人。一切都结束了。这次见面在精神上纠缠她已有几星期，这次贷款到期使她失眠了整整好几个夜里，这两件事刚才都过去了，在晚风或街头噪声中留不下一点特殊的痕迹。可是她感觉出她的命运刚才出现了转机。

为了让烟草店开下去，斯科塔兄妹欠了人家许多钱。自从他们投入这场冒险以来，他们不断地借债。管理财务的是卡尔梅拉。她跟哥哥什么都没说，却陷入了高利贷的恶性循环。那个时代蒙特普西奥的高利贷者做生意的方法很简单。大家对数额、利率、归还日期达成协议，日期一到把钱还清。既不落笔也没有合同，没有证人，只有诺言，相信对方的善意与诚信。谁欠债不还就有大祸临身。家族之间的械斗是血腥的，无休无止。

唐卡尔丹拉是卡尔梅拉的最后一名债主。为了支付她向大街咖啡馆业主所借的钱，她在几个月前向他求助。唐卡尔丹拉也成了她最后的救星。他帮她摆脱困境，也藉此加倍收回他借出的钱款，但这是规则，卡尔梅拉也没有异议。

她瞧着她的最后一名债主的身影在路角消失。她真想高叫和跳舞。烟草店第一次归他们了，第一次完全属于他们了。扣押的危险消除了。也没有作出抵押。从今以后他们为自己而工作。每赚一个里拉，这一个里拉是斯科塔兄妹的。“我们再也不欠债了。”她反反复复说这句话，直到感觉眩晕为止。这也像是第一次取得了人身自由。

她想到了哥哥。他们一直毫不计较地工作。朱塞佩和多梅尼科负责土木工程。他们盖成了一个柜台，重铺地面，墙内涂上石灰。逐渐地，年复一年，商行略具规模，有了人气。仿佛这个由老石头砌成的冷店铺，在人的汗水的灌溉下终于开花了。

他们工作愈辛苦，烟草也愈美丽。不论是一家商店、一块田地或一艘船，人与工具之间存在一种看不见的、由尊敬与憎恨组成的联系。人予以关怀，人对它百般小心，然后在夜里又对它发牢骚。工作折磨你，把你累断了腰，偷走了你的星期日和家庭生活，但是你不管怎样就是舍不得放下。烟草专卖店与斯科塔一家就是这个关系。他们咒骂它，同时又崇敬它，就像你尊重你的衣食父母，就像你诅咒使你未老先衰的岁月。

卡尔梅拉想到哥哥。他们献出了自己的时间与睡眠。这份债，她知道她永远无法还清。这份债，没有东西可以偿还的。

她甚至没法把自己的幸福告诉他们，因为这样一来她必须对他们说到她欠过的债，她冒过的风险，这是她不愿意做的。但是她急于要回到他们身边。明天，星期日，她就要看到他们大家了。拉法埃莱发出了一次奇怪的邀请。前一个星期，他过来宣布他邀请了全体家族——女人、孩子、任何人——到那个叫萨那科尔的地方去。他没说这次邀请的理由。但是明天星期日他们都要在那里相聚了。她向自己承诺，要对自己的亲人给予前所未有的体贴。她对每个人都会有所表示。她要对他们关怀备至。向每个她曾占用过时间的人。她的哥哥，她的嫂子。每个为了烟草店的生存而出过力的人。

当她抵达自己的家门口，在推开门去见丈夫和两个儿子之前，她走进了与家相连的那个小窑洞，那是给他们当马厩使用的。老驴子住在那里，这间无窗的屋子里空气暖洋洋的。从那不勒斯带过来的那头驴子，他们从来不想舍弃掉。他们用它把烟草从圣乔贡多运输到蒙特普西奥。这头老驮兽真是不知疲劳。它已经完全适应了普利亚的天空与它的新生活。甚至被斯科塔家人教会了吸烟。那头正直的牲畜喜爱吸烟，这种情景叫镇上或圣乔贡多的孩子看到异常兴奋，他们一见它来到，一路伴随它高声喊叫："吸烟的驴子来了！吸烟的驴子！"驴子确实会吸烟。不是吸那种卷烟，这是在用糖果喂猪了——斯科塔人对自己的每支香烟都是吝啬的。不是。而是在公路上，他们拔一些长长的衰草卷成手指粗的草绳，用火点燃。驴子一边吸一边走。平静沉着。还从鼻孔里喷烟。当草绳缩短，热气太近时，它不由分说把烟屁股一口咬熄，这总使斯科塔家人哈哈大笑。由于这个原因他们给自己的驴子起名"莫拉蒂"——蒙特普西奥的吸烟驴。

卡尔梅拉拍拍驴子的腰，在它的耳边喃喃地说："谢谢，莫拉蒂。谢谢，亲爱的，你也为我们流了大汗。"驴子在她的抚摸下显得很温柔，仿佛明白斯科塔家人在庆祝他们的自由，从此以后工作日不再像奴隶似的累得死去活来。

当卡尔梅拉走进自己的家，眼睛转到丈夫身上，立刻看到他激动异常。她一时以为他知道了她没得到他同意向唐卡尔丹拉借过钱，但是不是这回事。他的眼睛闪闪发光，是孩子般的亢奋，而不是责备的凶光。她微笑着凝视他，她不用他说就明白他一定是为了一项新计划而满怀热情。

她的丈夫安东尼奥·马纽齐奥是律师、市参议员唐马纽齐奥的儿子，蒙特普西奥的一名显要人物。富裕。有几百顷橄榄园。唐马纽齐奥从前也屡屡遭到洛可·斯科塔·马斯卡尔松的抢劫。他好几个手下人当时被杀害。当他听说儿子要跟这个罪犯的女儿结婚，他给他下命令，选择家庭还是这个"婊子"。从他口中说出"婊子"这个词，这就像一件白衬衫上沾了番茄汁，太刺眼了。安东尼奥做出选择，他娶了卡尔梅拉，这样跟家庭断绝了关系，放弃他原可坐享其成，过有闲阶级生活。他娶了卡尔梅拉，没有家产。没有一个子儿。只带着一个姓氏，除此一无所有。

"什么事啦?"卡尔梅拉问，好让他高高兴兴说出留在唇边迫不及待要说的话。安东尼奥容光焕发，感激不已，喊道:

"缪西娅，我有了个主意，整天都在考虑那个主意。总之我对这个主意想了很久，但是今天我是可以肯定了，我作出了我的决定。这是想到你的哥哥时才有的……"

卡尔梅拉的面孔稍稍阴暗下来。她不喜欢安东尼奥谈她的哥哥。她更愿意听到他多谈谈她的两个儿子埃里亚和多那托，但是他从来不谈。

"什么事啦？"她又问了一遍，声音中透露一点疲惫。

"应该改一改了。"安东尼奥回答。

卡尔梅拉没有接嘴。她现在知道丈夫接着会说什么。当然她不知道细节，但是意识到他要提出的一个想法她是无法同意的，这使她悲哀和闷闷不乐。她嫁的那个人，双目炯炯有神，满脑子幻想，在生活中犹如个走钢丝绳人摇摇摆摆。这使她悲哀。脾气不好。但是安东尼奥兴致来了，必须让他说出一切。

"应该改一改了，缪西娅，"安东尼奥又说，"看看你的哥哥。他们是对的。多梅尼科有他的酒吧。佩佩和法吕克打鱼。除了这些害人的香烟以外还应该想其他的东西。"

"斯科塔只适合做烟草。"卡尔梅拉的回答干脆利落。

她的三兄弟都已结婚了，这三人在成亲的同时过上了一种新生活。多梅尼科在一九三四年六月的一个艳阳天娶了玛丽亚·法拉丹拉，一位小康商人的女儿。这是一场没有热情的婚姻，但是给多梅尼科带来了他从未有过的舒适生活。他为此对玛丽亚抱有感激之情，颇像爱情。他有了玛丽亚躲过了贫困。法拉丹拉家生活不阔绰，但是除了好几块橄榄地以外，还在加里巴尔第大街上开了一家酒吧。从那以后，多梅尼科的时间分别花在烟草店和酒吧上，根据哪个地方更需要他就在哪里工作。至于拉法埃莱和朱塞佩他们娶了渔民的女儿，他们大部分时间与精力也就用在海上作业上。是的，她的兄弟已经远离烟草店，但这就是生活。为了说明命运的变化，安东尼奥使用"改一改"这个词，这叫卡尔梅拉恼火。这在他看来这行当是不对的，还可说是肮脏的。

"烟草，是我们的十字架，"安东尼奥又说，而卡尔梅拉不开口，"也可说会变成我们的十字架，要是我们不思改变的话。你该做的事你都做了，你还做得比谁都好，但是现在应该想到发展。你用你的香烟挣了钱，但是你永远不会得到真正重要的东西：权力。"

"你有什么建议？"

"我以后竞选镇长。"

卡尔梅拉禁不住笑出声来。

"谁会选你？你自己的家庭也不会支持你。多梅尼科、法埃吕克和佩佩。就这些人。你能得到就这三票，不会有别的啦。"

"我知道，"安东尼奥说，像个孩子被伤了自尊心，但是理会到这个看法还是正确的，"我应该考验自己。这件事我想过了。蒙特普西奥这些无知的人不懂什么是政治，不懂怎样去赏识一个人的价值。我应该争取他们的尊重。为了这事我要出门去。"

"去哪里？"卡尔梅拉问，她对大青年丈夫有那么大决心感到惊奇。

"去西班牙，"他回答，"元首需要优秀的意大利人，准备献出青春去粉碎赤色分子。我就是他们的一员。当我屡获勋章归来，他们就会承认我是他们所需要的镇长，相信我吧。"

卡尔梅拉一时没有说话。她从来没有听说过在西班牙的这场战争。也没有听说元首在世界这个地区的计划。她心中有什么在对她说家庭男子的位置不是在那里。这是一种下意识的预感。斯科塔家的真正战役是在这里展开，在蒙特普西奥，不是在西班牙。在这个一九三六年的日子，就像一年中的任何哪天，他们需要全家抱成一团。元首和他的西班牙战争，可以号召其他男人前去。她长时间瞧着丈夫，只是低声反复说：

"斯科塔只适合做烟草。"

但是安东尼奥不听。或者不如说他的决心下定了，眼睛已经闪闪发光，像个孩子梦想远方的国家。

"对斯科塔可能是，"他说，"但是我是马纽齐奥。自从我娶了你以后你也是。"

安东尼奥·马纽齐奥做出了自己的决定。他决心离家前往西班牙。跟法西斯分子并肩作战。他要完成他的政治教育，进行一场新的冒险。

直到深夜他还在解释为什么这个想法前途光明，他怎么戴了英雄的光环衣锦荣归后必然享受的利益。卡尔梅拉不再听他。她的大青年丈夫继续跟她谈法西斯党的光荣，她睡着了。

第二天，她在惊慌中醒来。她有做不完的事要做。换衣服，给两个孩子穿衣，盘自己的发髻。检查安东尼奥挑选的白衬衫是不是熨了。给埃里亚和多那托上发蜡，洒香水，让他们漂漂亮亮如同新铸的金币。不要忘记她的扇子——因为白天温度高，空气不久就会令人感到窒息。她心情激动，如同参加儿子领圣体或者她自己的婚礼。她有那么多的事要做。什么都不能忘记。务必不要迟到。她在房子里从这头走到那头，手拿刷子，嘴含别针，寻找她的鞋子，抱怨她的长裙，好像缩小了，她好不容易才扣上纽扣。

终于，一家子准备好了，只等待着出发。安东尼奥又一次问在哪里约会，卡尔梅拉重复说："萨那科尔。""但是然后他带我们上哪儿？"安东尼奥不安地问。"我不知道，"她回答说，"是个惊喜吧。"他们就出发了，离开蒙特普西奥高坡，沿着海边的路直到所说的地点。他们在那里转入走私者的一条小道，走到俯视大海的一座土台。他们待在那里一会儿，拿不定主意，不知道往哪儿走，这时他们发现一块木牌，上面写着"斯科塔钓鱼台",指着一座楼梯。往下走完长长的楼梯,他们到了一座搭在悬崖上的巨大木头平台,下面是滚滚波涛。这是普利亚海岸到处常见的一座钓鱼台。这类钓鱼台就像巨大的木骷髅。在日晒雨淋下发白的一大堆木头,抱住岩石,决不像在风雨中能够幸存下来。但是它在那里。经过了不知多少年头。长长的桅杆竖立在水面上,风吹浪打而不倒下。从前人们不思出海时就在木台上钓鱼。后来被人弃而不用,就成了奇异的瞭望塔,脚插在波涛中被风吹得格格响。看起来这些平台是东拼西凑随意搭成的。然而这些摇摇欲坠的木塔经受一切而屹然挺立。在平台上则是一堆乱麻似的绳索、手柄和滑轮。当人在上面操作时,一切都绷紧了咯咯响。钓鱼台缓慢威严地拉缆绳,如同一个瘦高个儿的男子双手伸进水里去,捧了大海的宝藏慢慢往上提。

这座塔台是拉法埃莱的丈人家的财产。这点斯科塔家人是知道的。但是直到那时,只是一座废弃的空架子,对谁都没有用处。只是一堆虫蛀的木板和桅杆。最近几个月来,拉法埃莱着手修复这座塔台。他白天打完鱼后晚上干。或者在起大风的日子。总是偷偷干。他勤奋工作,面对这项庞大的工程难免泄气,他会想到要是让多梅尼科、朱塞佩和卡尔梅拉发现这块地方焕然一新,且能实际应用,会多么惊喜,他的勇气又提上来了。

斯科塔兄妹甚为惊讶。不但看了这堆木结构产生一种奇异的团结亲情，还有这一切都装饰得雅致可爱。他们愈参观愈诧异，还发现在塔台中央，缆绳与网罩中间放着一张大桌子，上面铺一块白色手绣大桌布。从塔台的一角飘上来烧烤鲜鱼与月桂的香味。拉法埃莱从一个坑洞伸出头来，满面笑容，大叫："请坐吧！欢迎上钓鱼台！请坐吧！"他在那个坑洞里装了烧木头的炉子和烤架。大家拥抱他时问他，他对每个问题都带着阴谋家的神气笑而不答。"这只炉子是什么时候造的？""你从哪儿找到这张桌子的？""要我们带些什么来还是应该说的啊……"拉法埃莱微笑，只是回答说："请坐吧，你们什么也别管，请坐吧。"

卡尔梅拉和家人是第一批到，但是他们刚落座，小楼梯上就传来大声喊叫。多梅尼科和妻子带着两个女儿过来了，后面跟着朱塞佩、他的妻子和他们的小维多里奥。大家都到齐了。相互拥抱。妇女称赞彼此穿着雅致。男士交换香烟，把他们的侄甥举到空中，孩子在这些巨人的亲热下欢声大叫。卡尔梅拉在一旁坐了片刻。这时候她凝视欢聚的小家族。她爱的人都在这里了。都在星期天的阳光中容光焕发，女士的长裙与男士的白衬衣相互映照。海水温和平静。她微笑,她难得有这样的微笑。这是对生活的信任的微笑。她的目光扫向每个人。朱塞佩和妻子马蒂娅,她是渔民的女儿,在她个人词汇中用"婊子"代替了"女人",以致不难在街上听到她向一位女友打招呼时,直着喉咙喊:"你好,婊子!"引得路人大笑。卡尔梅拉含情脉脉看着多梅尼科的两个女儿吕克莱齐娅和尼科莱塔,她们穿了美丽的白色长裙。朱塞佩和马蒂娅的儿子维多里奥,他妈妈还给他喂奶,喃喃说:"吃吧,小傻瓜,吃吧,都是你的。"而米歇尔,是家族中最后的成员,还在襁褓中怪声喊叫,女士们把他抱在手里传来传去。她凝视着他们,心里在说大家都会幸福的。简简单单的幸福。

拉法埃莱的吼叫声打断了她的遐想:"上座吧!上座吧!"她那时站起身,做出她一直要自己做的事,照顾家人。跟他们笑在一起,拥抱他们,关心他们,轮流对每个人体贴细腻。

桌上共有十五个人,他们相互瞧了一会,看到家族兴旺到这个程度也很惊奇。拉法埃莱喜气洋洋,要露一手厨艺。他曾经多少次梦想这个时刻。他所爱的人都在他家里,在他的塔台上。他从一个角落到另一个角落,从炉子到厨房,从渔网到餐桌,兴奋忙碌,没有问题,让每个人都得到服务,不缺少什么。

这一天留在斯科塔家人的记忆中永不消失。因为对于大家，不论大人和孩子，还是第一次这样聚餐。法吕克叔叔大张宴席。拉法埃莱和朱塞佩不爱面食，在桌上放了十几道菜。有像大拇指那么大的贻贝，中间塞鸡蛋面包屑的奶酪馅饼。肉质厚实入口即溶的鳀鱼，章鱼丁，番茄菊苣沙拉，烤茄子条，炸鳀鱼。盘子在桌上传来传去。每个人都幸福地用叉子取食，不用选择，每道菜都吃。

　　当盘子都空了，拉法埃莱端上两只冒热气的巨大生菜盘。一只盘里是本地区的传统菜：酱汁墨鱼。在另一只盘里是米兰海鲜饭。这两道菜得到众人齐喊乌拉的欢迎，厨师乐得脸都红了。这时候大家胃口大开，以为能够这样吃上好几天。拉法埃莱同样放上五瓶本地葡萄酒。一种涩口的红葡萄酒，颜色深得像基督的血。现在热气已经达到顶点。有一条草席给用餐的人遮挡阳光，但是闷热的空气让人觉得壁虎大约也在淌汗。

　　餐具叮当声中交谈热烈，有时因一个孩子的问题或一只酒杯的泼翻而中断。大家拉拉扯扯无话不谈。朱塞佩娜说自己是怎么做面条和海鲜饭的。仿佛吃的时候谈饮食会增加味道。大家讨论，欢笑。每个人都照看邻座，检查他的盘子是不是吃空了。

　　当大盘都空了，大家都已吃饱。他们觉得腹中满满的，感觉很好。但是拉法埃莱还没有就此作罢。他端来五只大盘子放到桌上，盛满当天早晨捕获的各种各样的鱼。狼鲈和鲷鱼，一满盆炸枪乌贼，炭烤大红虾，还有几只龙虾。妇女看到盘子，发誓说决不再去碰上一碰。菜太多了，她们要撑死了。但是也要给拉法埃莱和朱塞佩娜面子。不单感激他们，也是感激生活，献给他们这个永生难忘的宴席。南方人崇尚俾昼作夜大吃大喝，仿佛末日即将来临，仿佛这是最后一顿，只要食品还有就必须吃下去。这是一种恐慌心理。即使吃得病了也不管。必须吃得高兴和过度。

盛鱼的盘子在众人面前转，大家怀着热情品尝。吃不再是填饱肚子，而是满足味觉器官。但是不论欲望如何强烈，还是无法把炸枪乌贼扫光。这使拉法埃莱感到舒适，飘飘然。桌子上应该有菜多余，不然就像客人没有吃够。宴席即将结束时，拉法埃莱转向他的兄弟朱塞佩，拍拍他的肚子问："肚子饱了吗？"大家都笑了，解开腰带或取出扇子。气温已经低了下来，但是狼吞虎咽下去这么多食品，兴高采烈咀嚼，吃饱了的身体开始出汗了。这时拉法埃莱把给男士的咖啡和三瓶消化酒放上桌：一瓶葡萄酒，一瓶柠檬酒，一瓶月桂花酒。每个人的杯子里都倒上酒时，他对他们说：

"你们都知道这个情况，全村的人叫我们'不声不响的人'。

他们说我们是聋哑女的孩子，我们的嘴只是用来吃饭的，而不是说话的。很好，我们为此感到自豪。要是这能支开那些管闲事的人和激怒那些尖屁股的人，那就做个不声不响的人吧。但是这不声不响是对他们的，而不是对我们自己的。我没有你们这样的生活经历。很可能我以后死在蒙特普西奥，除了看到本地的荒山野岭，对世界没有其他见识。但是你们在这里，你们。你们知道的事要比我多得多，你们要答应给我的孩子说说，说说你们见到过的东西，让你们去纽约的旅途中积累的见闻不要随着你们而消失，要答应你们每个人对我的孩子讲一件事，一件使你们受益的事，一个回忆，一个学问。在我们之间做这件事。叔伯对侄子说，姑妈对外甥女说。一个你们为自己留着从不向其他人说的秘密。不这样做，我们的孩子将会跟其他蒙特普西奥人没两样，对世界一无所知，只知道静默与太阳的热量。"

斯科塔兄妹表示同意。是的，就这样做。每个人至少一生讲一次，向一个侄甥或侄甥女，在去世前对他说出他所知道的事情。说一次，给一个忠告，把知道的事传承下去。说一说，为了不做个牲畜，只是在这无声的太阳底下生活和死去。

宴席结束。这顿饭吃了四个钟点，男人在椅子上向后一靠，孩子走到绳网中游玩，女人开始收拾桌子。

他们现在都像打过一场仗后那么筋疲力尽。筋疲力尽，幸福。因为这场仗，那一天，是打赢了。他们在一起享受到了一点人生。他们已经摆脱了生活的严酷。这顿饭作为斯科塔家的大宴席留在所有家属的记忆中。唯有这天家族才实现了大团结。如果他们有一台照相机的话，就会把这个共享的下午照了相长存留念。他们都在这里。父母与儿女。这是家族的鼎盛时期。什么也不应该有所改变。

可是，事情不久就发生逆转，土地在他们的脚下开裂，妇女淡雅的长裙换上了黑色可憎的丧服。安东尼奥·马纽齐奥出门去了西班牙，在那里受伤后不治身死，既不光荣也无授勋，倒留下卡尔梅拉带了两个儿子守寡。这是带给这个家庭的幸福的第一块黑纱。多梅尼科、朱塞佩和拉法埃莱后来决定把这家烟草专卖店留给妹妹，她只有这份家当，以及两个人要养。但愿埃里亚和多那托不是一穷二白创业，不要过他们的舅舅有过的苦日子。

这些男人和女人此刻生活充实，厄运要在上面划开裂缝，但是眼前没有人想到这一点。安东尼奥·马纽齐奥给自己倒上一杯葡萄酒。他们在拉法埃莱慷慨宽厚的目光下，沉浸在自己的幸福中，拉法埃莱看到兄弟们品尝他自己烧烤的鱼，欢喜得流下了眼泪。

午餐结束时，他们肚子鼓鼓的，手指油腻，衬衫上有污迹，额上出汗，但是他们心满意足。他们依依不舍地离开塔台，回到各自的生活中去。

很长时期，强烈温暖的烤月桂的气味，对于他们来说是幸福的气味。

您明白了吧，昨天当我发觉我忘了科尔尼的名字时为什么发抖了。我若忘记这个人，哪怕是一秒钟，一切都会摇晃了。唐萨尔瓦托尔，我没有把事情都说出来。但是给我一点时间。您吸烟吧。静静地吸烟吧。

抵达蒙特普西奥时，我要哥哥起誓不再提起在纽约的挫折。在埋葬聋哑女的那天晚上，我们把这个秘密告诉了拉法埃莱，因为他要我们告诉他旅行的情况，我们也没人想跟他撒谎。他是我们的人，他跟其他人一起起誓，他们都遵守了誓言，我要没有人知道。对于蒙特普西奥人来说，我们去过纽约，在那里生活了几个月，这时赚了一点钱。谁要是问我们为什么那么快就回来了，我们只说把母亲单独留在这里不妥当。我们不可能知道她其实已经去世了。这就够了。那些人不会多问。我不愿意让人知道斯科塔兄妹在那里遭到拒绝入境。人家对你怎么说，人家给你编个怎样的故事，这才是主要的。我要人家给斯科塔编个纽约的故事。我们不再是一个堕落者或穷人的家庭。我熟悉这里的人，不然他们会说是我家厄运临门。他们又会提起洛可的诅咒，这是摆脱不开的。我们回来时比走时更有钱，这才是重要的。我从未对自己的儿子说过这件事，我的孩子没一个知道这件事。我要哥哥起誓，他们遵守了誓言。应该让每个人都相信纽约的故事。我们甚至做得更出色。我们还讲述纽约这座城市以及那里的生活，还讲到细节。我们所以能够说是因为老科尔尼跟我们说过。在回来的路上，他找到一个说意大利语的男士，要求他给我们翻译他从弟弟那里收到的信。我们整整几个夜里听着他讲。我还记得其中的几封信，老科尔尼的弟弟说到他的生活，他住的街区。他描述街道和同一幢楼里的居民。科尔尼让我们听这些信，这不是一件附加的苦役，他向我们打开城市的门，我们进入里面游逛，我们在思想上在那里住过。我靠了老科尔尼的信向孩子描述纽约，朱塞佩和多梅尼科也这样做。唐萨尔瓦托尔，我是为了这事给您带来了"那不勒斯-纽约"还愿画，我要求您把它挂在大殿里。一张去纽约的单程票，我希望它放在蒙特普西奥教堂里。为老科尔尼点燃蜡烛。这是一个谎言。但是您明白，这又不是一个谎言，不是吗？您会这样做的。我要蒙特普西奥继续相信我们去过那里。当安娜成年后，您把它取下来交给她，她会向您提问题，您回答她。但是在此以前，我愿意斯科塔家的人眼睛发亮，闪烁着这座玻璃大城市的光芒。

六　吃太阳的人

一九四六年八月的一天早晨，一个人骑了驴子进入蒙特普西奥。他有一只长而挺直的鼻子，两只乌黑的小眼睛。一张不失高贵的脸。他年轻，约二十五岁，但是瘦长的脸上神情严肃，使他显得老。最年老的村民会想到吕西亚诺·马斯卡尔松。外乡人踏着命运的相同的慢步子向前走。这可能是什么人的后代。但是他笔直朝教堂走，甚至还没有卸下他的包裹，喂牲口或洗脸以前，甚至还没有喝一口水，伸懒腰以前，叫谁都吃惊不小的是他猛力敲起钟来。蒙特普西奥有了新神父：唐萨尔瓦托尔，不久就被人称为"卡拉布里亚人"。

　　上任的当天，唐萨尔瓦托尔就主持了一场弥撒，面前只有三名老妇，她们受好奇心驱使而走进教堂的。她们要看看这位新神父是怎么样的。她们看了发呆，到处去说这位青年布道慷慨激昂，前所未有。这引起了蒙特普西奥人的兴趣。第二天多来了五个人，每次这样直到第一个礼拜天。那天教堂里坐满了人。家庭都是全体出动。大家都要看看新神父是不是个适当人选，还是让他遭遇前任同样的命运。唐萨尔瓦托尔好像毫不胆怯。布道时刻，他说话很有权威性。

"你们自称是基督徒，"他说，"你们来我们天主身边寻找安慰，因为知道主满怀慈心，在一切事物中公正不阿，但是你们走进主的居所，你们的脚是脏的，你们的呼吸是沉浊的。我不说你们的心灵，那是像墨鱼的汁一样黑。罪人。你们生来是罪人，我们大家都是这样，但是你们很乐于这种状态，就像猪很乐于躺在污泥中。几天前我走进这座教堂，椅子上有厚厚一层灰尘。让主的居所盖满灰尘的村庄会是什么样的村庄？你们对主这样不理不睬，还能说是什么样的人吗？不要跟我说你们贫困，不要跟我说你们必须夜以继日地工作，忙于种地而没有留出多少时间。我是从土地来的，你们的田地在那里被当作伊甸园。我从土地来的，你们中间最穷的人在那里被当作王子对待。不。你们承认了吧，你们迷失了方向。我知道你们农民的祭拜。我看了你们滑稽的脸就可以猜出来了。你们装神弄鬼。你们的木头偶像。我知道你们反对上帝的丑行，你们亵渎神圣的仪式。你们这些泥腿子，承认吧，忏悔吧。教会会宽恕你们的，把你们教导成你们从未做过的诚实虔敬的基督徒。教会可以做到，因为它对教民一片慈爱，但是通过我做起，我来这里就是给你们重塑一个以前不可能的生活。你们若是执迷不悟，逃避教会，轻视派来的教士，继续迷恋野蛮人的歪风邪道，那会发生什么，你们给我听着，不用怀疑：那就是天空乌云密布，夏天三十天三十夜雨下个不停，鱼不游进你们的渔网，橄榄树只长树根，驴子生出瞎了眼的老鼠，不久以后蒙特普西奥什么都不留下。因为这就会是上帝的意志。为你们乞求宽恕而祈祷吧。阿门。"

听道的人惊呆了。开始还听到咕哝的抱怨声。有人低声抗议。但是徐徐地静了下来，这是一种诧异与欣赏形成的静默。弥撒结束，一致的评语是："这个人有两下子。那个米兰窝囊废完全不能比。"

唐萨尔瓦托尔被村子接纳了。大家喜欢他神色威严。他像南方的土地那样坚硬，眼睛乌黑，完全是个无畏的人。

来到村子后几个月，唐萨尔瓦托尔不得不面临他的第一次火的洗礼：筹备圣埃里亚瞻礼节。他一个星期睡不着觉。过节的前一天他还是皱眉蹙额东西奔走。街道披上了节日的盛装，张灯结彩已经定当。清晨鸡唱，几声炮响震动房屋的墙壁。一切都已准备就绪。兴奋之情高涨。孩子心急得跺脚。妇女已经在筹划这些节日的菜单。她们在厨房里淌着汗，油炸一片片茄子做帕尔马。教堂也布置定当。木雕圣像也搬出来供教民瞻仰：圣埃里亚、圣洛可和圣米歇尔。按照习俗，他们的圣像上饰满珍宝，金链子、金勋章，这些祭品在烛中闪烁。

晚上十一点钟，蒙特普西奥村民都在大街上，静静地品尝新鲜饮料或冰淇淋，突然听到一声凄厉的叫声，唐萨尔瓦托尔出现在人前，脸色发青，双眼翻白，仿佛看到了魔鬼，嘴唇苍白，几近于昏了过去，他的叫声像一只受伤的野兽："有人偷了圣米歇尔的圣章！"顿时全村的人鸦雀无声。无人打破静默，以便大家有时间真正弄清楚神父刚才一句话是什么意思。圣米歇尔的圣章。偷了。在蒙特普西奥。这不可能。

这时，静默突然转变成了愤怒的嗡鸣声，所有人都站了起来。谁？谁会犯下这样的罪行？谁？这对整个村镇都是一种侮辱。这样的事真是闻所未闻。偷圣米歇尔！在节日的前夕！蒙特普西奥全村的人都要身受其害。一群人回到教堂里去。向里面祈祷的人提了一些问题。有没有见过什么外乡人在周围转悠的？有什么异常的事？大家到处搜寻。圣章肯定没有掉落在神像脚下。什么也没有。没有人看到什么。唐萨尔瓦托尔继续反复说："作孽！作孽！这个村子是个贼窝！"他取消一切活动。赛神会。弥撒。一切。

在卡尔梅拉家，也跟其他地方一样惊恐，朱塞佩来吃饭。进餐时，埃里亚在椅子上不停地扭来扭去。终于当母亲给他撤盘子时，他喊叫：

"啊哈！你们看到唐萨尔瓦托尔的脸了吧！"

他开始大笑，这种笑使母亲听了大惊失色。她立即明白了。

"是你吗？埃里亚？是你吗？"她问，声音发抖。

这少年笑得更欢了，斯科塔家的人很熟悉这种疯笑。是的。是他。这样的玩笑能开吗？唐萨尔瓦托尔的脸。全村会多么惊慌失措！

卡尔梅拉脸色发青，她转向她的哥哥，好像她是个快死的人，声音微弱地对他说：

"我走开。你把他杀了。"

她起身，把门砰的一声关上。直奔多梅尼科家，把一切都告诉了他。朱塞佩在这一边让怒气在心中上升。他想到村里会说些什么。他想到他们全家蒙受的耻辱。当他觉得自己怒火中烧时，他站起身，给外甥一顿教训，那是任何舅舅都不会这样做的。他打裂了他的眉弓和嘴唇。然后他坐到他旁边。怒火降了下来，但是一点不觉得消气。内心充满沮丧之情。他动手打了，但是归根结底，结果还是一样，没有出路。于是，他转身对着外甥的这张肿脸说：

"刚才是发怒的舅舅对你的教训。我把你交给发怒的村子来处理吧。"

他正要往外走，这样让这孩子听任命运的安排，这时他想起一件事。

"你把圣章放到哪里啦?"

"在我的枕头下面。"埃里亚在打嗝之间说。

朱塞佩走进男孩的房间，把手伸到枕头下面，拿出小偷放宝藏的那只口袋，低下头两眼发呆，带着愧色直往教堂走去。"至少圣埃里亚节还是可以照样过，"他在想，"因为生了这么一个异教徒把我们杀了也就杀了，但是节还是要过的。"

朱塞佩什么都不掩饰。他叫醒唐萨尔瓦托尔，不让他有时间清醒过来，把圣章向他递过去，对他说：

"唐萨尔瓦托尔，我把圣章给您带来了。谁是罪犯我也不向您隐瞒，上帝已经知道了。是我的外甥。我已经给了他一顿教训，他若能活下来，也只能在主面前得到安宁了，不久蒙特普西奥人会找上他的。我什么都不求您。不要恩赐。不要宽恕。我只是来把圣章带给您。让明天节日照样过，就像自古以来每年七月二十日在蒙特普西奥过的一样。"

然后不等到神父回答，旋转脚跟回自己的家去。神父则留在原地发呆，感情复杂，高兴，松了一口气，也愤怒。

朱塞佩想到外甥身处险境是有道理的。当天夜里也不知怎么流言就传了出来，埃里亚是那个异教徒小偷。男人已经组成了几个小组，发誓要对亵渎者狠狠教训，让他一辈子也忘不了。大家在到处找他。

多梅尼科看到妹妹眼泪汪汪走进家门，第一件事就是去找自己的手枪。如果有人阻挡他的路，他是有决心使用的。他直接到卡尔梅拉的家去，在那里看到外甥已经被打得半死。他把他提起来，没时间去给他洗干净脸，就扶他骑上自己的一头驴子，把他带往橄榄园中间的一间小石屋。他把他抛在一只草褥上，给他喝点水，把他关在里面过夜。

第二天，圣埃里亚节照常举行。大家面孔上都没有显出前一夜出过什么大事。多梅尼科像往年一样参加庆祝。他在游行时捧了圣米歇尔像，逢人就说他的外甥是个下贱的孬种，要是自己的孩子就不怕大义灭亲，会徒手杀死他。没有人曾有一刻怀疑，他正是唯一知道埃里亚躲在哪里的人。

接着那天，男人小组就出发追寻罪犯。弥撒与赛神会能够如期举行，大事都好歹办了，现在留下来要做的就是惩罚小偷，必须大张旗鼓，不让这样的事重新出现。他们追捕埃里亚追了十天。村子角角落落都搜遍。多梅尼科深更半夜出门到小屋里给他带去吃的。他不说话。或者很少。他给他喝了吃了，就离开。总是小心翼翼把他关在门后。十天后，搜捕停止，村子恢复平静。但是他要再回蒙特普西奥是不可想象的。多梅尼科在圣乔贡多的一位老友家给他找到一个地方。那是有四个孩子的父亲，都在地里辛苦劳动。大家商定埃里亚在那里住一年，过了那时他再回蒙特普西奥。

当几件行李放到驴子背上，埃里亚转身朝向他的舅舅，对他说："谢谢，舅舅。"两眼充满悔意。舅舅起初没有回答。太阳自山岗升起，美丽的霞光散披在峰顶上。那时他转向外甥，跟他说出埃里亚永世不忘的那些话。在朝霞的映照中，他对他披露了他多梅尼科体验到的个人智慧：

"埃里亚，你什么都不是。我也什么都不是。家庭才是重要的。没有家庭你是死定了，世界照样继续转动，根本不会注意到你的消失。我们出生，我们死亡，在这之间只有一件事是重要的。你和我，单独来说，我们什么都不是。但是斯科塔家，斯科塔家，这才是了不起的。我是为了这个才帮助你，不是为了别的。你今后欠了一笔债，欠了跟你同姓的人一笔债。有一天，可能二十年后，你才会还清这笔债。去帮助你的一个家人。就是为了这个救你的，埃里亚。因为当你以后变得更为有用时我们会需要你的——就像我们需要我们每一个子女。这个不要忘记。你什么都不是。斯科塔的名字通过你往下传。就是这些。现在去吧。但愿上帝、你的母亲和村子原谅你。"

哥哥的逃亡使多那托陷入像个狼孩似的忧郁。他再也不说话，不玩耍。呆立在大路中央，整整几小时一动不动，当卡尔梅拉问他在做什么，他的回答始终不变："我等埃里亚。"

在他的儿童游戏中，突然被强加了这种孤独，使他的世界发生动摇。如果埃里亚不再在这里，世界变得丑陋和无聊。

一天早晨，多那托在他的那杯牛奶前，目光严肃地瞧着母亲，问她：

"妈妈？"

"怎么？"她回答。

"要是我偷了圣米歇尔的圣章，我可不可去跟埃里亚一起？"

这个问题吓得卡尔梅拉面孔煞白。她张口结舌说不出话。急忙赶到朱塞佩哥哥家，把那情景告诉他。

"佩佩，"她接着说，"必须由你来管他，不然他要去犯罪了，不然他会让自己去死的，他什么都不要吃，他只是说他的哥哥。你把他带走吧，要他笑。在他这样的年纪是不应该两只眼睛死死的。这个孩子已经尝到了人世的苦难。"

朱塞佩说做就做。当天晚上他去找外甥，把他带到港口，叫他上了自己的船。当多那托问他去哪里，佩佩回答说现在是他应该学习某个技艺的时候了。

斯科塔两兄弟做走私，一直如此。他们是在"二战"期间开始的。配给制对商业造成严重的遏制。每个居民定额配给一定数量的香烟，这件事迫使卡尔梅拉另觅途径。她跟乐意用几条香烟交换火腿的英国兵打交道。那只要找到不吸烟的士兵，然后朱塞佩负责从阿尔巴尼亚进货。几艘小船乘黑夜靠岸，船上装满从国家仓库或区内其他烟草店偷来的香烟。走私盒烟价格较为便宜，放入货箱里，逃避税务局的检查。

朱塞佩决定让多那托进行他的第一次走私活动。他们慢慢划桨朝着柴依亚那湾驶去。那里有一艘小机动船等着他们。朱塞佩向一个人打招呼，那个人意大利语说得很差，他们把六箱香烟装上他的小船。然后在映入水面的宁静夜色中，他们回到蒙特普西奥，没有交换一句话。

当他们进了港，发生一件意料不到的事。小多那托不愿意下船。他留在底舱，表情坚决，两臂交叉。

"怎么啦，多那托?"舅舅问他，感到奇怪。

小的长时间瞧着他，然后声音平稳地问他：

"舅舅，你经常这样做吗？"

"是的，"朱塞佩回答。

"总是在夜里？"

"是的，总是在夜里。"舅舅回答。

"你是这样挣钱的？"孩子问。

"是的。"

孩子有一时不出声。然后他宣布，声音不让有任何争议：

"我也做，我要做这个。"

这次夜间出海使他高兴极了。海涛声，夜色茫茫，谁都沉默不说话，这自有一种神秘与神圣的东西，使他内心翻腾。贴水而行，总是乘着夜色。把走私作为职业。这里面的自由与勇气使他觉得美妙之至。

返航途中，朱塞佩见到外甥那么入迷印象很深，抓住他的肩膀说：

"应该找出路，多那托。你要记住这个，找出路，不要去听什么这是非法的、禁止的或危险的。养活一家人这才是根本。"

孩子若有所思地发呆。舅舅还是第一次用这样严肃的语调对他说话。他听着，不知道对这条刚提出的规则用什么话回答，

他保持静默，看到舅舅已把他看作可以交谈的男人，觉得很
自豪。

逃亡时期，唯有多梅尼科一人见到埃里亚。对于大家来说，
偷窃圣米歇尔圣章是一记响亮的耳光，然而却是多梅尼科了解
外甥的一个机会。这种举动中也有什么在他看来还情有可原。

圣米歇尔偷窃案一周年那个日子，多梅尼科出人意料地到
了收留埃里亚的家庭，要求见他，待他一出现抓住他的手臂，
拉了往山岗走。舅舅与外甥走得慢，谈得也慢。最后多梅尼科
向埃里亚转过身，递给他一只信封，对他说：

"埃里亚，一个月后如果一切顺当，你可以回村里来了。我
想大家会接受你的。再也没有人会说起你的罪行。大家情绪已
经平静下来了。新的圣埃里亚节又要举行了。一个月后，你要
来你可以再跟我们一起。但是我到这里来向你提另一件事。嗨，
这个信封拿着，这里面是钱，很多钱，可以过上六个月。拿着，
离开。你爱去哪儿都可以。到那不勒斯，到罗马，或者到米兰。
要是这个信封不够，我以后再给你寄。要明白我的意思，埃里
亚，我不是在赶你走。但是我愿意你有选择。你可以是斯科塔
家第一个离开这块土地的人，唯有你才能够做到，你偷东西就
是证明，你有胆量。你在逃亡中长大成熟。你不需要别的什么

了。我对谁都没有说过什么，你妈妈不知道，你舅舅也不知道。如果你决定走，我负责跟他们解释。现在听着，埃里亚，听着，你还有一个月时间。我把信封给你留下，我要你好好考虑。"

多梅尼科在外甥额上一吻，紧紧抱他。埃里亚目瞪口呆，想望与畏惧在他心中冲撞。米兰火车站，北方大城市，笼罩在工厂的烟雾中。移民的孤独生活。他的思想还没法在这一大堆图像中找出一条路来。他的舅舅称他是斯科塔家人。他这是在说什么？难道他只是忘了他本人真正的姓是马纽齐奥？

一个月后，早晨的阳光开始暖和房屋石头的时刻，有人敲多梅尼科的美丽的宅院。多梅尼科过去开门。面对他的是埃里亚。他在微笑。一开始就把装满旅费的信封递给他。

"我留在这里。"他说。

"我原来就知道。"舅舅喃喃回答。

"怎么会？"埃里亚问，很意外。

"这个时刻天气太好了。"多梅尼科说。因为埃里亚没有明白，他示意他进去，给他倒喝的，向他解释。"天气太好了。一个月来阳光很强。你就不可能走。烈阳当空，晒得石头都开裂时，什么都不能做。我们太爱这块土地了。它什么都不出，比我们还穷，但是当太阳晒着它发热时，我们中间没有人能够离开它。我们是从太阳诞生的，埃里亚。它的热量我们身上都有。只要我们的身体记得起来，太阳一直存在，温暖着我们的婴儿皮肤。我们不停地吃它，张开嘴啃它。它在这里，在我们吃的水果里，桃子，橄榄，橘子，这是它的香味。随着我们吃的油它灌入我们的咽喉，它在我们身上。我们是吃太阳的人。我早知道你不会走的。如果最后几天下雨，可能走成了，是的。否则是不可能的。"

埃里亚饶有兴趣地听着这番道理。多梅尼科解释时还带一定程度的夸张，好像显露他自己对此也是半信半疑。他很高兴，他要说话，这是他感谢埃里亚回来的方式。这时候这位青年接过话匣，对他说：

"舅舅，我是为你而回来的。我不想从远方来的一个电话里听到你过世的消息，然后一个人躲在米兰的一个房间里哭。我要在这里，在你身边，向你学。"

多梅尼科眼光阴郁地听着外甥说话。当然埃里亚作出的选择使他高兴。当然，好几个夜里他祈祷年轻人不要选择出走，但是他内心又感到这样归来像认输。这使他想起纽约的失败。斯科塔家的人总是逃不出这块贫瘠的土地，斯科塔家的人总是躲不开普利亚的太阳，永远休想。

当卡尔梅拉看到儿子由多梅尼科陪着过来，她画十字感谢上天。埃里亚来了。失散一年多以后，他走在大街上的步子坚定，没有人阻挡他的路。没有窃窃私语，没有发乌的眼睛，在他背后也没有人群跟着。蒙特普西奥已经宽恕。

多那托怪声欢呼第一个扑向埃里亚的怀抱。他的哥哥回来了。他急着要告诉他不在时自己学了些什么：夜里出海，走私，私烟窝藏地。他愿意一切都对他详说，但是此刻他只是把他抱在怀里，一声不出。

蒙特普西奥的生活又开始了。埃里亚跟母亲在烟草店工作。多那托每天问朱塞佩舅舅他能不能跟着他去，以致这位豪爽的汉子终于每次夜里出海，也习惯带了他一起去。

埃里亚一有可能就到地里去找多梅尼科。斯科塔的长兄随着每个夏季过去逐渐老了。性格顽强内在的人变得性情温和，长了一副蓝眼睛，自有一种高贵的美。他热爱橄榄种植，实现了自己的梦想，成为几公顷橄榄园的业主。他尤其喜爱暑气消退、海风吹动叶子时凝视这些百年古木。他今后只管理那些橄榄树。他总是说橄榄油是南方人的救星。他瞧着从瓶子里慢慢流出油液，禁不住会露出舒心的微笑。

埃里亚来看他时，他总是请他坐在大露台上。他叫人拿来几片白面包，一小瓶自产的橄榄油，他们若有所思地品尝这种甘露。

"这是金子，"舅舅说。"那些说我们穷的人从来没有吃过沾了我家橄榄油的面包，这就像啃我们这里的山岗，带有石头与太阳的香味。它闪光，它美丽稠腻。橄榄油是我们土地里的血。那些把我们看作乡巴佬的人，只要看看我们身上流的血。它甘美豪气。因为我们就是这样的。纯血统的乡巴佬。这些善良的可怜人，面孔被阳光晒得皱巴巴，双手都是老茧，但是目光正直。瞧一瞧我们周围干涸的土地，尝一尝这油的香醇。这之间就有人的劳动。我们的油让人感到这些，我们家里人的汗水，我们老婆摘橄榄长出老茧的手。是的，这高贵，就因为这个它才好吃。我们可能是下等人，没有知识，但是在泥灰岩里榨出油来，在那么差的条件下产出那么多的东西，我们才有了救。上帝会承认我们的努力的，我们的橄榄油会替我们说话的。"

埃里亚没有话回答。这个俯视山岗的露台，这个舅舅爱坐的露台，是他唯一感到自己活着的地方。在这里他呼吸顺畅。

多梅尼科愈来愈少到镇上去。他宁可拿了一把椅子坐在他的树木中间，在一棵橄榄树的绿荫下观看天空改变颜色。但是有一个约会他是无论如何不会错过的。夏季每晚七点钟，他跟他的两个弟弟拉法埃莱和朱塞佩在大街上见面。他们总是坐在同一家"比佐那"咖啡馆的露天座上，他们的桌子等着他们。咖啡馆老板佩比诺来和他们一起玩纸牌。从七点到九点。这些牌局是他们的神圣约会。他们呷一种圣皮特酒或者朝鲜蓟酒，出牌时拍桌子，又笑又叫。他们高声怪叫，说起对方什么话都用。一副牌输了骂天骂地，手气好了感谢圣埃里亚。他们相互友爱地奚落，推搡牌运不济的人，互拍对方的后背。他们一心享受着幸福。是的，在这些时刻他们什么都不缺少。酒瓶空了，佩比诺提来了饮料，告诉镇上的新闻。朱塞佩会招来街上的孩子，他们都叫他叔叔，因为他总是给他们一个小钱，让他们去买烤杏仁。他们玩牌时，时间就不存在了。他们在露天座上，夏日下午将过，气温舒适，他们非常自在。其余都不放在心上。

六月的一天，多梅尼科七点钟没有出现在比佐那。大家等待了一会儿，还是没来。拉法埃莱和朱塞佩觉得发生了什么大事。他们赶到烟草店打听埃里亚有没有看见他的舅舅。没有。他们于是向庄园奔去，意识中肯定他们马上就要面对最坏的事实。他们看到他们的哥哥坐在他的椅子上，在橄榄树中间，两臂下垂，头向胸前偏斜，帽子跌在地上。死了。平静地。一阵温暖的微风轻轻吹动他的一绺头发。橄榄树围着他不让他晒到阳光，在他身边发出叶子簌簌声。

"自从米米去世以后，我不停地想到一件事。"

朱塞佩低声说，没有抬起眼睛。拉法埃莱瞧着他，等着看他的话有什么下文，然后，看到朱塞佩并不再说，就温和地问他：

"想到什么？"

朱塞佩还在犹豫，最后终于宣泄他的心情。

"我们什么时候幸福过？"

拉法埃莱怀着一种同情心瞧着他的兄弟。多梅尼科去世给朱塞佩的打击出人意料。葬礼以后他自小鼓鼓的两腮，到了壮年依然保持年轻人的神气都消失了，一下子老了许多。多梅尼科去世警示他也不远了，朱塞佩心里有了准备，本能上知道下一个将是他。拉法埃莱问他的哥哥：

"什么时候？你怎么回答这个问题？"

朱塞佩不出声，仿佛他有一件罪恶要忏悔。他像在犹豫。

"要说的就是这个，"他胆怯地说，"我想过了。我试图把我有过的幸福时刻列了一张表。"

"这个时刻多吗？"

"是的，许多。是的我想许多，还可以吧。购买烟草店的那天，维多里奥出生的那天，我举行婚礼的那天，我的侄子和外甥，我的侄女和外甥女，是的，有不少。"

"那你为什么这么愁眉苦脸的？"

"因为当我试图记住一个——最幸福的时刻，我心中想到的是什么你知道吗？"

"不知道。"

"你请我们大家第一次去钓鱼台的那天。这个回忆就出现了。这场宴席。我们又吃又喝，完全像个幸福的人。"

"肚子饱了吗？"拉法埃莱笑着说。

"是的。肚子饱了。"朱塞佩又说，眼含泪水。

"那又有什么悲伤的呢？"

"你说呢，"朱塞佩回答，"一个人在他的生命将结束时，说自己一生中最幸福的那天是吃一顿饭的那天，你说呢？在人的一生中再也没有更大的快乐了吗？这不是在说明人生凄凉吗？我不应该感到难为情吗？可是我向你保证，我每次想到这里，这个回忆就出现了。我记起那时的一切。融化在嘴里的米兰海鲜饭。你的朱塞佩娜穿一条天蓝色长裙。她美极了叫人疼爱，在厨房餐桌边上不停地忙碌。我也记得你在炉子边，像个矿工那样汗流个不停。烤架上烤鱼的吱吱声。你看，过了一生这是最美的回忆，这不是说我是最可怜的人吗？"

拉法埃莱带着温情倾听，兄弟的声音使这顿宴席重现在他眼前。他也看到了，斯科塔家族快活的圣会，盘子在众人手里传来传去，聚餐的幸福。

"不，佩佩，"他对哥哥说，"你是对的。谁能夸口说有过类似的幸福？我们人数不是很多。为什么就该看不起呢？因为我们吃？因为这有油炸味，因为我们的衬衫上都是番茄汁斑点？吃过这些饭的人是幸福的。我们那时都在一起，我们像人似的吃、谈论、叫喊、笑和喝，挨在一起。佩佩，这是珍贵的时刻。你是对的，要是再能有这美妙的体验我什么代价都愿付，重新听到你们在烤月桂的气味中的响亮笑声。"

多梅尼科是第一个离去，但是朱塞佩接着没有活多久。第二年，他在老村子的阶梯上狠狠跌了下来，失去知觉。加加诺的唯一一家医院在圣乔凡尼·洛东杜，离蒙特普西奥要走两小时的公路。朱塞佩被担上一辆救护车，车拉响警铃朝向山岗的路冲上去。分分秒秒过得很慢，就像刀子割不到肉里。朱塞佩愈来愈弱。救护车在路上开了四十分钟，始终像是满地砾石中的一个小点子。朱塞佩那时回光返照，有片刻的清醒。他向护理士转过身，带着一死的决心对他说：

"半个小时后我就要死了，这您知道，半个小时，我再也挺不住了。我们也没有时间赶到医院。那就走回头路，全速开。您还有时间把我送回村子。我要死在那里。"

两名护理士把这些话看做是最后的遗愿，马上照办。在贫瘠广阔的山岗上，救护车转过弯，警铃大作发疯似地朝蒙特普西奥驶去。车子及时抵达，朱塞佩得到了满足，死在中心广场亲人之间，而亲人则在这辆向死亡认输的救护车前发呆。

卡尔梅拉从此不再脱下丧服。她为丈夫没有做的事，为了

155

哥哥这样做了。拉法埃莱怎么劝也没用。他仿佛给人剁了手指头。他在村子里游荡，不知道自己还能做什么。他每天回到比佐那咖啡馆，对他的朋友说：

"佩比诺，咱们赶快去找他们吧。他们两个在那边，咱们两个在这边，谁都没法玩牌了。"

他每天去公墓，对着亡灵说上几个钟点。有一天他带了外甥埃里亚过去，在他的两位舅舅的墓前他决心说一说。他把这样做的时刻推了好长时间，因为他从未离开家乡有过什么阅历，没有东西可以教给别人的。但是他有过承诺。时间过去，他不愿没有遵守诺言而去世。于是在两位舅舅的墓前，他把手按在埃里亚的后颈，对他说：

"埃里亚，我们跟其他人相比不好也不坏。我们曾经试过，这是主要的，我们曾经尽力试过。每一代人都在试。建个什么东西，巩固已有的东西，或者扩大已有的东西，照顾亲人。每个人都试着做得好一些。除了试着做以外也没有别的了。但是不应该等待辛苦末了有什么结果。你知道辛苦的结果是什么吗？是老年，没有其他别的。那么听着，埃里亚，听听你的老舅舅法吕克，他没有一点知识，不曾读过书。应该靠你的汗水，这是我说的话。因为这是人生中最美丽的时刻。当你为某件事奋斗，当你像个下地狱的人那样日夜工作，当你没有时间去看你的妻子和孩子，当你流汗创造你想望的东西，你是在过人生中最美丽的时刻。相信我。对你母亲、你舅舅和我来说，什么也比不上我们一无所有，口袋里没一个钱，为了烟草店而奋斗的年代。这是艰苦的年代。但是对于我们中的每个人，这是我们一生中最美丽的时光。一切都要去做，胃口像狮子那么大。应该靠汗水，埃里亚，不要忘记这个。然后一切都结束得非常快，相信我。"

拉法埃莱眼里含着泪水。提起他的两位哥哥，他们生活中一切不分彼此的光明年代，让他激动得像个孩子。

"你哭了？"埃里亚说，看到舅舅那么动感情给他留下深刻印象。

"是的，舅舅的爱，"拉法埃莱回答，"但是这是好事，相信我，这是好事。"

我对您说过，唐萨尔瓦托尔，我欠哥哥一笔债，一笔巨债。我知道需要我几年工夫才能还清，可能要还上一辈子。我不在乎。这像是一项义务。但是我没有料到的是有一天我会不愿去偿还。我起过誓把一切都给他们，我工作一辈子，把我的积蓄全部献给他们，这是我欠他们的。我起过誓做一个妹妹，永远做妹妹。这事我也做了，唐萨尔瓦托尔。我一直是个妹妹，一辈子如此。我的婚姻对此毫无改变。可以作为证明的是人家以后听说我去世时，说的不是"马纽齐奥寡妇死了"。没有人知道谁是马纽齐奥寡妇。他们会说"斯科塔家的妹妹死了"。每个人都明白这说的是我——卡尔梅拉。我很高兴事情会是这样，这就是我，就是以前的我。是我哥哥的一个妹妹。安东尼奥·马纽齐奥把他的名字给了我，但是我不愿意要。把这说出来可耻吗？我从来不曾拒做斯科塔家的人。安东尼奥只是穿过我的生活。

我只有在哥哥身边时才认识了幸福。我的三位哥哥。当我们在一起时，我们可以把世界吞下去。我以前认为这样可以一直继续下去，直至最后，我是在对自己撒谎。生活继续下去，时间则负责改变一切，不知不觉地，它使我做了母亲。

我们大家都有了孩子，家族人丁兴旺了，我没有看到这正在改变一切。我的儿子诞生了，我当了妈妈。从这天起我变成了一头母狼，像所有的母亲，我苦心经营都是为了他们，我集零为整都是为了他们。我把一切都留着给埃里亚和多那托。一头母狼，唐萨尔瓦托尔。它只想到自己的狼崽，谁走近就咬谁。我欠了一笔债，这笔债一直没有还清。我应该付给哥哥的东西，就必须从我的儿子那里去省。这谁会这样做呢？我也就像所有的母亲那样做了。我忘了我欠的债，我为我的崽子奋斗。我从您的目光看出您几乎原谅我了。您心里在说，母亲确实都是这样做的，把一切都给孩子这是正常的。我毁了我的哥哥。这是我，唐萨尔瓦托尔，这是我阻碍了他们过他们梦想的生活。这是我迫使他们离开他们或许会在那里发财的美国。这是我把他们又拉回到这个寸草不生的南方土地。这笔债我是没有权利忘记的。即使为了孩子也不应该忘记。

多梅尼科、朱塞佩和拉法埃莱，我爱这几个人。我是个妹妹，唐萨尔瓦托尔。但是这一个妹妹，对于她的哥哥来说则代表了厄运的这张丑脸。

七　塔兰泰拉舞

慢慢地，卡尔梅拉放弃了烟草生意。起初她去得愈来愈少，以后索性不去了。埃里亚代替她。他开门，打烊，轧账，整天待在母亲以前消耗了一生的那只柜台后面。他无聊，就像大热天的狗那么无聊，但是他又有什么别的能做呢？多那托干脆拒绝，就是在店里待上一天也不干。若要他为烟草工作，只有在一个条件下是可以接受的，这条件也不容许讨价还价，那就是继续让他出海走私。这家烟草店很长时期是一家的生计所赖，现在让后人接替却像烧着了手，没有人要干。埃里亚下了决心在柜台后面保留自己的位子，这是因为他没有别处可去。他每天早晨谴骂自己是个无用的笨蛋。

这样的生活过了一段时间后，他人变得很怪。他心不在焉，动辄发怒，目光阴暗地遥望地平线。他像在出售他的一盒盒香烟，从早到晚而又没有知觉。有一天，多那托趁他们两人单独时问他的哥哥："有什么事吗，哥儿？"埃里亚惊奇地看着他，耸耸肩，嘴一噘回答说："没什么。"

埃里亚满以为自己一言一行没有显露内心的惶惑，以致弟弟的问题让他吃了一惊。他说了什么，他做了什么，让多那托想到有什么事？没什么，绝对没什么，他没说过什么，他也没做过平时不做的事。出售这些该死的香烟，整天待在这个该死的柜台后面，招呼这些该死的顾客。这样的生活令他恐怖。他觉得自己处在大爆炸的前夕，就像杀人犯在犯罪的前夕。但是他把这种愤怒、这种深深啃啮内心的欲望埋在心底，像个阴谋家绝不外露于众人眼前，当他的弟弟瞧着他的眼睛只是简单地问："有什么事吗，哥儿？"他感到自己给人揭下面具，剥光衣服。这更加剧他的怒气。

事实是埃里亚爱上了玛丽亚·卡米奈拉。这是一位富裕人家的少女，蒙特普西奥最豪华的特拉蒙塔那大酒店是她家的产业。卡米奈拉的父亲是医生。他兼做诊所和酒店管理工作。埃里亚一走过这家四星级酒店高耸的正立面，就心血上涌。他咒骂这个巨大的游泳池，风吹猎猎的旗子，这家观望海景的餐厅和这块专用沙滩，上面散放着金红色的折叠躺椅。他咒骂这份奢华，因为他知道这是他与玛丽亚之间不可逾越的障碍。他只是个乡巴佬，谁都知道。虽有一家烟草店也不改变什么。大家谈的不是钱，而是祖业。他能给医生的女儿带来什么？夏天晚上，当烟草店顾客盈门的时候让她跟他一起来流汗苦干？这一切有多么好笑，不说也先输了。一千次，他在睡不着的夜里这样翻来覆去思考。一千次，他得到同样的结论：宁可忘记玛丽亚，也不愿去遭受可以预见的羞辱。可是，话是这么说，论据也无可驳斥，他还是忘不了医生的女儿。

　　一天，他终于做出决定，鼓起勇气，去见年老的盖塔诺·卡米奈拉。他事前问过他是否可以在将近中午时过来，医生声音平稳，温和地回答他说，他总是很高兴在酒店的露天座等待他。那个时刻，游客都已去了海滩。老盖塔诺和埃里亚以外没有旁人，两人都穿白衬衫。医生叫人送来两杯康巴里，但是埃里亚太专注于他要说的话，没去碰它。相互寒暄完毕，老盖塔诺开始想这个一语不出的青年会说些什么——他走上这么多路当然不是来向他的家庭问声好的——埃里亚终于大胆表白。这番话他已经说过一千次了，字斟句酌，毫不含糊，但是他说的句子跟他重复了那么多次的话不是一回事。他的眼睛发光，他的样子像个杀人犯在忏悔自己的罪行，他滔滔不绝，同时又显露出坦白的陶醉之情。

　　"唐盖塔诺，"他说，"我不会向您撒谎，我要开门见山。我什么都没有。我没有财产除了这家该死的烟草店，这对我宁可说是我的十字架，而不是我的救命符。我是穷人，这个小买卖使我穷上加穷，很少人会理解这点。但是您，您理解的，唐盖塔诺，这个我知道。因为您是个有见识的人。烟草店是我最不幸的苦难。可是我也只有这个。当我走到这里，瞧着这家酒店，当我经过您在镇上那幢房子前面，我对自己说您愿意听我说什么已是挺客气的了。可是，唐盖塔诺，可是，我要您的女儿。她存在于我的热血中。请相信我，我说过要自己理智些。您拒绝我的要求会提出的一切理由，我都知道。都是合情合理的。我也曾对自己反复说过，但是没用，唐盖塔诺。您的女儿，她存在于我的热血中。要是您不把她给我，从而会发生什么祸事，将把我们大家，卡米奈拉家和斯科塔家，都消灭干净。因为我是个疯子，唐盖塔诺。您明白吗？我是个疯子。"

老医生是个谨言慎行的人，他明白埃里亚的最后几句话不是一种威胁，而是眼前不折不扣的事实。埃里亚是个疯子，女人是会让人变成疯子的，不要去挑衅他是上策。这位白胡子修剪整齐，有两只蓝色小眼睛的老人，争取时间做出回答。他愿意表示他对埃里亚的要求和论点会予以考虑。然后他以贵人的平稳语调，说到他对斯科塔一家的尊敬，这是一个有勇气的家庭，靠自己的劳力起家。但是他又说作为父亲他应该想到自己一家人的利益，这是他唯一的关心，监护他的女儿和家庭的财富，他要想一想，尽快给埃里亚一个答复。

埃里亚归家途中，又回到他的烟草店。他的头脑是空的，他的表白没有带给他任何舒解，他只是筋疲力尽了。他不知道的是，当他皱眉蹙额，低着头走的时候，特拉蒙塔那酒店那里则闹翻了天。内宅的女人觉察到这次谈话中必有爱情阴谋，一待结束，就催着老盖塔诺说出埃里亚来访的理由，这位老人受到众人的逼迫支撑不住，把一切说了出来。这引来满屋子雷鸣般的叫声与笑声。玛丽亚的母亲与妹妹都对这位送上门来的求婚者的优点与缺点逐一评论。她们要老医生把埃里亚的话逐字逐句说一遍。"我是个疯子"，他真说过"我是个疯子"？是的，盖塔诺强调说，他甚至还重复了一遍。这是卡米奈拉家第一次有人上门求亲。玛丽亚是长女，没有人想到这问题会提得那么早。当全家还在不知多少次重提那次谈话时，玛丽亚却人不见了。她没有笑，她脸上升起了一层红晕，仿佛有谁掴了她一巴掌。她走出酒店，跑在埃里亚后面。在他正要走进店堂时她追上了他。他见到她独自追了过来惊奇之至，张口结舌，也没向她致意。当她离他还有几米远时，她对他说：

"那你就这个样子上我家，向我爸爸提出要娶我。"她的神色透露一种兽性的激怒。"这就是你们这个傻子家庭的做法么，你也不先问问我，我肯定这个你连想都没想过，你说要是我不嫁给你就会大祸临身，你给我什么？你在我父亲面前哭哭

啼啼说你没有钱，你提到酒店，房子。你有了钱的话给我的就
是这些吗？嗯？一幢房子？一辆车子？回答我啊，笨驴，是这
个吗？"

埃里亚一时说不出话。他不明白怎么一回事。这位少女愈
叫愈响。这时他结结巴巴说：

"是的，是这个。"

"那么，你放心吧。"她回答说，嘴上带一种轻蔑的微笑，
这使她比加加诺的哪个少女更美更骄傲。"你放心吧，即使你有
了科杜诺王宫，你也得不到我，我比这些都贵。一家酒店、一
幢房子、一辆车子，我一举手都把它们打光了。你听到我说的
话吗？我更贵，下贱的乡巴佬，你听得懂吗？要贵得多，我一
切都要，我一切都收进。"

这些话刚说完，她旋转脚跟不见了，让埃里亚像遭到了雷
击。在这个时刻，他知道玛丽亚·卡米奈拉今后要成为他的一
个真正的梦魇。

弥撒才结束，最后几位教民三三两两走出教堂。埃里亚等
待在教堂前广场，目光阴郁，两臂下垂。神父看到他时，问他
一切都好吗，埃里亚没有回答，他就邀请他去喝一杯。当他们
坐定，唐萨尔瓦托尔又问他，语调显然不容许不回答：

"有什么事么?"

"我受不了了,唐萨尔瓦托尔,"埃里亚回答说,"我要变疯了,我要……我不知道,换个事做,重新开始生活,离开村庄,把这家该死的烟草店卖了。"

"那为什么不去做呢?"神父问。

"自由,唐萨尔瓦托尔。必须先富了才会有自由。"埃里亚回答说,奇怪唐萨尔瓦托尔竟会不明白。

"埃里亚,别哭哭啼啼啦。你要是愿意离开蒙特普西奥或去干什么我不知道的事,你只要把你的烟草店盘掉就完事了。你很清楚你们会卖个好价钱。"

"这就像把我的妈杀了。"

"让你的妈还是待在这里,你要走就卖,你若不愿卖,就别哭哭啼啼的。"

神父想到什么说什么,这种语调当地人非常爱听。他直截了当,生硬,对谁都不留情。

埃里亚觉得不提到真正的问题,不谈到他怨天怨地的理由是玛丽亚·卡米奈拉,是无法深入讨论的。但是这一切他又不愿意谈。尤其不愿跟唐萨尔瓦托尔谈。神父打断他的思路。

"只有到了生命的最后一天,才能说自己以前幸福不幸福,"他说,"在这之前,应该尝试把他的船舵尽量掌好。走你自己的路，埃里亚，这是一切。"

"这不会带我往哪儿去的。"埃里亚喃喃地说，他苦思的是玛丽亚。

"这，这是另一件事了，这是另一件事了，你若不思补赎，你是有罪的了。"

"有什么罪？诅咒的罪吧！"

"有什么罪，"唐萨尔瓦托尔又说，"是没有把你的一生提高到应有的高度。忘记了机会，忘记了命运。要自强，埃里亚，要自强，直至最后。因为目前来说你还什么事都没做出来。"

老人说了这几句话就撇下埃里亚走了，走前还是用他卡拉布里亚农民满是皱纹的那只手拍拍他的肩膀。埃里亚又想起这些话，神父说的是真话，他还什么事都没做出来，什么事都没做。他作为男人做的第一件事是去找盖塔诺，向他要求娶玛丽亚为妻，即使这件事他也是低着头走去的，事前就已认输了。他说得对，埃里亚什么事都没做出来。是自强的时候了。他独自留在比佐那的露天座上，机械地把勺子在咖啡杯里转动，每转一圈，他喃喃地说，像受了催眠术似的："玛丽亚、玛丽亚、玛丽亚……"

自从跟唐萨尔瓦托尔谈过以后，埃里亚决心再度试试自己的运气，不论怎样他没有其他选择，他不再睡觉，他不再说话。照这种情况继续下去，他要不了一个月就会完全变疯，从蒙特普西奥的悬崖上纵身跳入海水里去。他不知道怎样做才能与玛丽亚单独相处。他不可能到海滩或咖啡馆去找她，她身边总是有人。他于是做出了暗杀者或绝望者所做的事，有一天在她上街回来时紧跟在她的身后，当她走过老镇的一条小街，那里除了几只昏昏欲睡的猫以外没有别的，他加速追上她，像个影子，抓住她的手臂，眼睛旋转像个发高烧的人，对她说：

　　"玛丽亚……"

　　"你要干吗？"她一开始就截断他的话头，也不吃惊，仿佛她感到他跟在背后。

　　她语调生硬使他没了主意，他瞧着地面，又抬起眼睛看她。她美得令人为她入地狱也甘心。他觉得自己脸红了，为此很愤怒。她就在眼前，他可以碰到她，抱住她。但是她的目光镇住他，使他脸红，使他口吃。他想：应该有所行动，要自强，必须把一切都说出来，即使她轻视你，跟着猫一起嘲笑你也顾不得许多了。

"玛丽亚，今天我跟你本人说，不跟你父亲说。你说得对，我那次做得很笨。你跟我说你一切都要，你记得吗？我一切都收，这是你说的话。好吧，我是来跟你说一切都是你的，我把一切都给你，给得我自己一个子儿都不剩下，这还是太少。其他人可以给你更多的东西，因为我不是最富有的，但是没有人将会像我一样把自己所有的东西都给你。我不保留什么，你可以一切都拿走。"

他说的时候全身发烧似的，他的眼睛现在含有一种病态的笑容，使他很丑。玛丽亚站得笔直，面孔铁板，她瞧着埃里亚，仿佛她的目光刺透他的心。

"你倒真是生意人出身，"她说，带着轻蔑的微笑，"钱，你就知道提这个，我难道就像一包香烟由你这样来买的吗？你愿意买你的老婆，只有妓女和米兰女人是用金银首饰买来的。你就知道做这个，买。得了，让我过去吧。你上牲口市场去找你的老婆去吧，你愿意付多少就付多少，我反正对你说来是太贵了。"

她一边说一边走上回家的路。埃里亚突然不加思索地抓住她的手臂。他脸色铁青，嘴唇发颤。他为什么这样做，连自己也不知道，但是他紧紧抓住她，心中两个想法在冲撞，一个对

172

他说立即放开她，这一切多可笑，放开她，向她道歉。但是另一个是更深沉的冲动，使他狠狠地抓住她，"我可以强奸她，"他心里盘算，"这里，这条街上，现在强奸她，今后会有什么管它啦。她那么近，她的手臂，这里，手臂会挣扎，但是不是很强壮，我可以制服她，既然她决不愿意跟我结婚，至少这也是占有她的一种方式……"

"放开我。"

命令像掴在耳朵上的一记巴掌，他立即放开手。在他还没有恢复神志，还没有能够笑一笑或者请求原谅，她已经不见人影了。她的声音那么坚定威严，致使他不加思索就服从了。他们的目光最后一次交叉了一下。埃里亚的目光是空洞洞的，仿佛吸毒者或失眠者的目光。他若没有失去全部神志的话，他或能看到玛丽亚的目光中有一种笑意，显示她冷冷的语气不一定是真的。她的目光中生成一种情欲，似乎是他的手碰上她的手臂要比他的语言更能打动她。但是埃里亚对这一切视而不见，他呆在小路上，全身无力。他梦想了那么多次的谈话，竟是这样过去了，感到狼狈不堪。

当他仓皇闯入教堂时，唐萨尔瓦托尔正在抽一支烟，他很少这样做，但是抽时总是深深陶醉。这使他回忆起在卡拉布里亚的生活，在进入修院以前，他那时十二岁，与他的伙伴就抽他们一起偷来的香烟。

"怎么啦?"唐萨尔瓦托尔问，他看到埃里亚的脸吓着了。

"我完了，"埃里亚回答，一点不感到难为情，他平生第一次毫无保留地对别人提起自己的爱情。他把一切都说了出来。对她苦思苦想的夜晚，魂牵梦萦，面对她感到的恐惧。神父听了片刻，然后当他认为对事情已足够清楚的时候，他举起手要埃里亚把话打住，对他说:

"听着，埃里亚。我能够帮助死者，因为我会念祷告。我能够帮助教育孩子，因为我的兄弟死后侄女是我抚养大的，但是对于女人，不，我无能为力。"

"那怎么办?"埃里亚问，茫然若失。

"怎么办。我是卡拉布里亚人，"唐萨尔瓦托尔又说，"在卡拉布里亚，受爱情折磨时就跳塔兰泰拉舞，总能跳出个什么东西来的。有幸福的，也有悲哀的。"

唐萨尔瓦托尔并不只是劝埃里亚去跳塔兰泰拉舞，他还给了他一位老婆子的名字，她住在老镇上，一个卡拉布里亚人，当他半夜提了一桶橄榄油上门去找她时，她会来侍候他的。

埃里亚是这样做的。有一个晚上他去敲那个小屋的门。过了好久好久才有人来开门，站在他面前的是一位满脸皱纹的老婆子，目光尖锐，嘴唇扁瘪。埃里亚想不起以前曾在镇上见过她。她说了几个字，他不懂，这不是意大利语，也不是蒙特普西奥话，可能是一种卡拉布里亚土话。埃里亚不知说什么，就把他的一桶油提了过去。老婆子顿时容光焕发，她尖声说："塔兰泰拉舞？"仿佛这个词才叫她高兴，她打开门。

小屋像那些老房子一样，只有一个房间。一张草褥，一只长柄锅，一只便桶，干土铺盖的地面。就像拉法埃莱在港湾附近的屋子，斯科塔兄妹从纽约回来时住过的，老婆子一句话不说，拿了一瓶酒放在桌上，示意他自己取来喝，走出了屋子。埃里亚照她的话做，坐在桌子前，自斟了一杯。他想喝的是葡萄酒或柠檬酒，但是这酒的味道跟他喝过的酒都不一样。他喝完一杯，再倒一杯，想要辨别酒的种类。酒顺着他的咽喉流下，像熔岩，有一种岩石的味道。"要是南方的石头有味道的话，也会是这样的。"埃里亚在喝第三杯时这样想。山岗的石头也可能榨出这样的液汁？埃里亚沉浸在酒的醇厚的热意中。他不再想任何东西。那时门又重新打开，小老婆子又出现了，后面跟随一个男人，瞎眼，比她还老。这个男人埃里亚也从来没见过。他身子枯瘦，跟她一般矮。他走到一个角落，取出一只手鼓。那时这两位老人张口唱起太阳土地上的古代塔兰泰拉歌。这些千年古曲唱的是男人的疯狂与女人的疚恨，使埃里亚听了入迷。老婆子的声音变了样，她现在有个处女的嗓音，高亢带鼻音，震得四壁都发抖。老人脚踩地面，手指敲击鼓面，他也用人声给老婆子唱的歌伴奏。埃里亚又喝了一杯，他觉得酒的味道已经变了，这不再是石头里榨出来的汁，而是太阳放射的光。

"狮子太阳"，夏季的暴君星座。这酒的味道像男人在地里劳动时背上沁出的汗，它的味道像壁虎贴在岩石上的急速心跳，它的味道像干枯龟裂向天讨水的土地。"狮子太阳"以及它的无坚不摧的威力，埃里亚在嘴里感到的就是这个。

老婆子现在居于房间的中央，已经开始婆婆起舞，她邀请埃里亚跟她一起跳。他喝下第五杯酒，站了起来。他们按照歌曲的节奏跳起了蜘蛛舞。音乐充塞埃里亚的头脑，他觉得房间里有十来位乐师，歌在他的全身上上下下流动，他不懂歌词的深刻内容，头发晕，汗沿着背脊流下。他觉得他让他整个生命都流到了脚下。老婆子刚才还显得那么缓慢疲惫，现在却在他身边跳跳蹦蹦。她无处不在，她围着他转，眼睛始终盯着他看。她对着他微笑，丑陋的老年就像烂熟的水果。他明白了，是的，他现在完全明白了。他的热血涌了上来。老婆子张开缺牙的嘴对他笑，这是命运的面孔，曾经多少次嘲笑过他。她在那里，全身发烫发狂。他闭上眼睛，他不再跟随老婆子的动作，但还在跳。音乐反复拖沓，使他内心充满幸福。在这抒发怨恨的古调中，他听到了他从未听到过的唯一真理。塔兰泰拉控制他的全身心，就像它控制一切迷失的灵魂。他现在感到像巨人似的有力量。世界就在他的指头上，他是待在发烫的洞窟中的火神伏尔甘。他的每一个舞步都踩出火星。突然他听到一个声音自内心迸发，这是老婆子的声音，要不就是音乐的声音，或者是烈酒的声音。总是在说相同的事。伴着急速的乐声无穷尽地反复不已："去吧，男人，去吧，塔兰泰拉伴着你，该做什么做什么。"

埃里亚朝门转过身，见门开着很吃惊，他不想再朝两位老人回头，音乐已在他的体内，带着古代赛神会的全部威力砰砰砰响。

他走出门，走在古镇的小路上，像个有鬼附身的人。那是早晨四点钟，即使蝙蝠也还在睡觉。

他并没有真正要这么做，然而他来到了大街上的烟草店门前。他热血沸腾，全身出汗。大地在旋转，老婆子的笑声还在耳边掠过。塔兰泰拉咬啮着他的心，激发他的热血，也推动他走进了烟草店，踏入栈房，点燃了一箱子香烟。然后不朝烧起来的火看一眼，直接走出店铺，站在对面的人行道上，欣赏起了火景。火烧得很快，栈房里涌出一股浓烟，火焰不久也烧到了柜台。从埃里亚站的地方来看，可以说是有人点燃了电线。后来火光变成橘红色，火焰也蹿了出来，撞到墙头，跳起胜利的舞蹈。埃里亚像个疯子号叫，开始大笑。他完全是马斯卡尔松家人的精神状态，他的笑声带着毁灭与仇恨，都是他的家族几代人一脉相承的。是的，一切都会燃烧的，见鬼去吧，这些烟，这些钱。他的生命与他的灵魂，一切都会燃烧的。他放喉咙大笑，踏着塔兰泰拉的疯狂节奏在火光中大跳其舞。

熊熊烈火的噼啪声与气味不一会儿把邻居弄醒了，他们急忙冲上街头。他们问埃里亚，但是埃里亚不回答，眼睛里什么表情也没有，像个疯子或呆子，于是他们认为这是一场意外事件。谁会想到埃里亚会自己放火去烧烟草店呢？他们自发组织起来，去找灭火机。街上形成密密麻麻的人群。这时出现了卡尔梅拉，面孔发青，头发乱蓬蓬的。她神情惊慌，眼睛死死盯着火焰不能移开。看到这位可怜的妇女在人行道上摇摇晃晃，大家明白烧毁的不是一家商店，而是一个人生，整个家族的遗存。这些人的脸上都布满愁云，仿佛遇上了大动乱。过了一会儿，好心的邻居送卡尔梅拉回去，免得她看着火灾伤心，她待在那里也没用，徒然受那场折磨。

埃里亚看到母亲一下手惊醒了，他从原来幸灾乐祸变得惶恐不安。他向群众吆喝，时而对着这拨人，时而对着另一拨人说：

"你们闻到了吗？你们闻到烟味了吗？这是我母亲的汗水。你们没闻到吗？也是我兄弟的汗水。"

蒙特普西奥镇上的居民终于控制了火情。火没有蔓延到邻近的屋子，但是烟草店荡然无存。埃里亚颓唐之至，看到的再不是火焰催眠般的美，而是丑恶与沮丧。石头还在冒烟，烟发黑呛人。他坐在人行道上，塔兰泰拉早已销声匿迹，他不再笑，他神色惊恐观望着烟雾缭绕。

蒙特普西奥镇民开始三三两两分散，这时玛丽亚·加米奈拉出现了。她穿着白色晨衣，黑头发披在肩上。像鬼魂似的他笔直朝着他走。他总算还有力气站起身，他不知道说什么，仅是指一指已在烟雾中消失的烟草店。她向他微笑，以前还从来不曾这样做过，对他喃喃地说：

"发生什么啦？"

埃里亚没有回答。

"都烧光了？"她还在问。

"都烧光了。"他回答。

"你现在还有什么可以给的？"

"没有什么了。"

"好吧，"玛丽亚又说，"你若是要我，我就是你的了。"

接着火灾后的几天里，是盖满灰尘和奉献劳力的日子。必须拆除断垣残壁，清理现场，保留还可保留的东西。这工作吃力无味，使最有毅力的男人也精疲力竭。这是伤心事。熏黑的墙头，满地的瓦砾，灰飞而去的一箱箱香烟，这一切使商店看起来就像被战火蹂躏的城市。但是埃里亚执拗地经受这场考验，表面上没受什么痛苦。真相是玛丽亚的爱情使他对一切都不计较了。他脑海中想的就是这件事，烟草生意是次要的，他身边有了他日夜相思的女人，其他都无足轻重了。

玛丽亚把自己答应的事不折不扣都做了，她住进了埃里亚的家。火灾后第一天，当他们喝咖啡，埃里亚宣布：

"玛丽亚，我一夜没有睡。我心里想的不是那场火，我们要结婚了。你跟我一样知道，我今后怎么也不会像你的父亲那么富裕。你知道人家会怎么说？会说我娶你是为了你父亲的钱。"

"人家怎么说我才不管呢。"玛丽兰平静地说。

"我也是，但是我最没信心的还是我自己。"

玛丽亚抬起眼睛看她的情人，表情惊愕，她不明白他想要说什么。

"我知道这事最后会怎样结局，"他说，"我以后娶了你，你的父亲会向我提出管理特拉蒙塔那酒店，我接受了，夏天下午我在游泳池边上跟我的朋友玩扑克，这样的事我不合适，斯科特家的人生来不是做这个的。"

"你不是个斯科塔。"

"我是的，玛丽亚，我比马纽齐奥更是个斯科塔，我感觉到的，事实如此。我的母亲传给了我马斯卡尔松家的黑血，我是个斯科塔。把爱的东西放火烧掉，有一天要是我有了特拉蒙塔那酒店，我也会放火烧掉的，你看着吧。"

"烟草店是你放火烧的？"

"是的。"

玛丽亚一时不说话，然后又温柔地说：

"斯科塔生来是做什么的？"

"流大汗的。"

又隔了一会儿，这一会儿很长。玛丽亚在考虑这些话意味什么，好像她让今后的日子一年年在眼前列队前进。埃里亚会给她带来的生活，不但看在眼里，也记在心里，然后她温顺地对他微笑，带着自豪飞扬的神气，回答他说：

"去流大汗吧。"

埃里亚很严肃，仿佛为了证实他的情人是不是明白，又说：

"我们不要求什么，我们也不接受什么，我们是独自两人，你和我。我没有什么奉献，我是个不信教的人。"

"第一件要做的事，"她回答说，"是把烟草店清理出来，至少可以让我们堆放香烟箱子。"

"不，"埃里亚笑着平静地说，"第一件要做的事是我们结婚。"

婚礼在几周后举行。唐萨尔瓦托尔祝福他们的结合。然后埃里亚邀请所有客人到钓鱼台去参加盛宴。拉法埃莱的儿子米歇尔在渔网与滑轮中间放了一张长桌子，全家人都出席。庆祝简单又快乐，菜肴很丰富。宴席将近结束，多那托站起身，平静，含笑，要求大家静下来，开始说话：

"我的哥哥，今天你大喜了。我看你穿了礼服，在你妻子的颈边弯下身子跟她悄悄说着什么，我看着你举起杯子祝客人健康，我看到你美，你快乐你单纯你美。我愿意要求命运让你们永远是现在这样，纯真，朝气，充满想望与力量。但愿你们穿越岁月毫不动摇，但愿生活不会给你们摆出它包含的种种鬼脸。我今天瞧着你们，我怀着渴望的心情凝视你们。当日子变得不好过，当我为自己的命运哭泣，当我诅咒狗一般的生活时，我会想到这个时刻，想到你们欢乐发亮的面孔，我会对自己说：

不要诅咒生活，不要漫骂命运，想一想埃里亚和玛丽亚，他们一生中至少有一天是幸福的，那一天我与他们在一起。"

他激动地搂住哥哥。这时刻他的两位表妹吕克莱齐娅和尼科莱塔唱起了一首普利亚歌，所有妇女都齐声唱叠句："啊咦，啊咦，啊咦，明日不干我的事，今晚你要和我一起死。"宾主都哈哈大笑。斯科塔家人让快乐的时刻在自己身上淌过。晚会就是这样在夏日新酒的欢乐中延长。

接下来的几个月里，在蒙特普西奥出现一种奇怪的现象。这个小镇从二十世纪五〇年代末以来有两家烟草店：斯科塔一家和另一家。这两个家庭相互尊重。这里每人都有生意做，竞争思想也从未引起他们冲突。随着野营、酒店、住宅区和夜总会开起了数不清的烟草销售点，情况就不同了。为了给烟客解急，合法地出售几包烟，但是有的时候确实出现了不守规则的销售点。

埃里亚和玛丽亚没有钱进行装修，使烟草店重新开张。最初一个时期，他们像流动商贩似的出售他们的香烟。

最令人奇怪的是镇上的人不愿意到其他地方去买香烟。星期天，游客惊讶地看到大街上最脏最破落的那家店前排起了长蛇阵。这店既没有招牌，没有柜台，也没有收银机，只有四堵墙。两把椅子，放在地上的几箱子香烟，埃里亚伸长手臂在里面掏。夏天晚上，他就在人行道上出售，而玛丽亚在屋里清洗墙壁。可是蒙特普西奥人还是排队，甚至，当埃里亚对他们说他们要的牌子没有（他没有能力大量进货，只是集中几个牌子），顾客会一边拿钱包一边笑着说："你有什么我就拿什么。"

大家同心协力帮助他，背后有唐萨尔瓦托尔的一臂之力。他在弥撒中，日复一日鼓动他的教民发扬互助精神，结果更是超出他的期望。

他看到他号召友爱也得到大家的听从，深深感到快乐，有一天他走过烟草店门前，看到进门的上方重新竖起一块招牌，不由说：

"这些猪头可能并不都是要打入地狱的吧。"

那天，也正是灯光招牌从福贾运来的日子，上面写着：斯科塔·马斯卡尔松第一烟草专卖店。对于不仔细辨别的人来说，这块招牌跟从前那牌看起来一模一样。那是卡尔梅拉、多梅尼科、朱塞佩和拉法埃莱，在他们青春年少的时候，怀着自豪挂上的。但是埃里亚知道那块是不同的。他与烟草订了新的盟约。蒙特普西奥人也知道这件事，他们现在骄傲地凝视橱窗，意识到他们在这次意料不到的重生中也尽了绵薄之力。

埃里亚的思想中则产生了天翻地覆的变化，他平生第一次高高兴兴在工作，以前的条件从没这么辛苦，一切都从头做起，但是有的事情变了。他不继承，他自力更生。他不是管理母亲留给他的一份产业，他竭尽全力奋斗，给妻子带来一点舒适与幸福。他在烟草店里找回了他的母亲当年工作的幸福。他现在明白母亲谈到她的小店为什么那么动情和疯癫。一切都从头做起，要达到这个目的，他必须自强，是的，他的生活从没显得那么充实与可贵。

唐萨尔瓦托尔，我经常想起自己的一生。这一切有什么意义呢？我花了几年工夫开那家烟草店。日日夜夜。当店终于开在那里，当我最后可以平静地把它传给儿子时，它却化为乌有了。您还记得那场火灾吗？一切都烧光了，我呼天抢地痛哭，这是我的全部心血，日积月累的成果。出了一场意外，全部成为泡影，我不相信我还能活下去，我知道镇上的人也这样想。烟草店毁了，老卡尔梅拉也活不长了。我还是挺着，是的，我挺住了。埃里亚着手重建，耐心地，这很好，这不再完全是我的烟草店，但这很好。我的儿子，我依靠我的儿子，但是这方面一切都翻了个儿，多那托失踪了，我天天指着大海骂它抢走了我的儿子。这一切有什么意义呢？这些怀着意志与牺牲缓慢耐性建立起来的人生，这些被厄运之风一吹就倒的人生，这些大家梦想而又时时会撕毁的欢乐的诺言。唐萨尔瓦托尔，您知道这里面最令人吃惊的是什么吗？我来跟您说了吧，火灾和多那托的失踪都没有压倒我，换了别的母亲早已疯了，或者让自己死去了，我不知道自己是什么做的，我这人很硬，我挺住了，不用去下决心，不用去想它，我要不这样也不行，我体内有什么东西可做到锲而不舍，挺住。是的，我这人很硬。

在朱塞佩的葬礼以后，我开始不说话了。我会几小时，后来又几天保持沉默。这个您知道的，您那时已经在我们这里了。起初，镇上的人好奇地议论我怎么闭口不说话了，大家纷纷猜测，后来也就习惯了。很快大家觉得卡尔梅拉·斯科塔从来就没有说过话。我觉得自己远离人群，我再也没有力量了，一切对我都像是无用的。镇上的人认为卡尔梅拉没有了斯科塔家族就算不了什么，她宁可离开人生而不愿死了哥哥后还继续活着。他们错了，唐萨尔瓦托尔，就像他们一直在错，这几年使我不声不响的是另有隐情，这隐情我还没有说过。

朱塞佩葬礼后几天，拉法埃莱来找我。他很温柔。我立刻看出他的目光清澈，就像用清水洗过眼睛一样，他的微笑里散发一种平静的决心。我听他说，他说了很久，一刻也没有低下眼睛。他说了很久，我记得他说的每一个字。他说他是个斯科塔，他接受这个姓氏感到很自豪，但是他也说他在夜里为此自责。我不明白他要向我说什么，但是我感到一切都要摇晃了，我不动，我听着。他吸了一口气，不停顿地说了出来。他说他埋葬聋哑女的那天，他哭了两回。第一回是在公墓，当着我们

189

的面，据他对我说，他哭是我们看得起他要他做我们的兄弟。第二回是在晚里，躺在自己的床上，为了不出声，他咬着枕头哭，他哭，因为同意做我们的兄弟的同时他也成了我的兄弟，这不是他想要做的。他说了这话以后停顿了一会。我记得我那时祈祷，让他不要再多说了，我愿什么都没听到，我愿意起身，离开。但是他继续说："我一直爱着你。"这是他说的话，在那里，静静地盯着我的眼睛看。但是那一天，他成了我的兄弟，向自己起誓说行为要像个兄弟那样。他对我说幸亏有了这层关系他得到了一辈子在我身边过的幸福。我不知道说什么来回答，我的心都死了。他继续说，说有几天他咒骂自己是条狗，在公墓没有说不，对做兄弟这事要说不，而在我母亲的坟前应该向我求婚。但是他不敢，他说了是，他接过我们递给他的铲子，他成了我们的兄弟。"跟你们说'是'那有多么温柔啊。"他说。他又说："我是个斯科塔，卡尔梅拉，我到底遗憾还是不遗憾，我自己也说不上来。"

他说时目光没有离开过我。当他说话结束，我觉得他等待着该轮到我来说了。我始终一声不出，我感到他团团围着我等待着，我没有发抖，我是空的，我什么都不能说，没有一个字，我心里空无一物。我瞧着他，时间过去了，我们面对着面。他明白我是不会回答，他又等待了一会儿，他希望着。然后他慢慢站起身，我们相互分开了。我没有说一句话，我让他走了。

从那天起，我就不说话了。第二天，我们又见面了，我们装得什么都没发生过，生活又恢复了，但是我不再说话了，有什么东西折断了，唐萨尔瓦托尔，我能跟他说什么呢？人生过去了，我们都老了，我能回答他什么呢？唐萨尔瓦托尔，一切都要重新开始，我做了胆小鬼，一切都要重新开始，但是岁月过去了。

八　太阳的照射

拉法埃莱感到死亡临近时，把外甥叫了来。多那托到了后，很长时间两人一声不响。老人没决定是否开始谈。他观察多那托，多那托则安静地呷他给他的康巴里酒。他差点想算了，但是，最后尽管他担心在外甥的眼睛里看到厌烦或发怒的神情，他冲口而出：

"多那托，你知道我为什么做了你的舅舅吗?"

"是的，小舅。"多那托回答。

"在我帮助你的舅舅米米和佩佩给聋哑女下葬的那天，我们怎么决定做兄弟姐妹的，有人告诉过你了。"

"是的，小舅。"多那托又这么说。

"我又怎么放弃我的姓——这不值什么——而取了斯科塔这个姓。"

"是的，小舅。有人告诉过我了。"

拉法埃莱停顿了一下，这个时刻到来了，他不再害怕，他急忙要宣泄心头的郁积。

"有一桩罪行我愿意忏悔。"

"什么罪行?"年轻人问。

"那是好几年前了，我杀了一位教会里的人，唐卡洛·博佐尼，蒙特普西奥的本堂神父。这人品质恶劣，但是我杀了他也毁了自己。"

"你为什么做这件事？"多那托问，他一直认为他是舅舅中最温和的人，这样的人竟做出这样的忏悔令他感到惊愕。

"我不知道，"拉法埃莱结巴着说，"这是在火头上做的，相信我，我是个懦夫，我不敢要求我想望的事，所以我的怒火就积在心里，所以面对这个一钱不值的蠢神父怒火就爆发了出来。"

"你这是在说什么？"

"说你的母亲。"

"我的母亲？"

"我没有敢要求她做我的妻子。"

多那托目瞪口呆了。

"小舅，你为什么要跟我说这个？"他问。

"因为我快要死了，这一切都会随着我消失在地下，我愿意至少有一个人知道我一辈子心底隐藏了什么。"

拉法埃莱不说话了。多那托不知道说什么。他有一时心里在问，他应该安慰舅舅，还是更应该作出不赞同的表示。他想不出话，感到意外，没什么可以再说的，舅舅也不等待任何回答。他开口说是为了把事情说出来，不是为了征求谁的意见。

多那托感到这次谈话将会改变他，这不是原来所能预料的。他站起身，神情有点为难。舅舅长时间瞧着他，多那托觉得这位老人由于把他作为知心人而几乎愿意为此进行道歉了，仿佛他还不如把这些年代久远的故事带走了事。他们相互热烈拥抱，又分开了。

拉法埃莱几天后过世，在他的塔台的渔网中间，身子底下滚滚波涛声，那是心的宣泄。葬礼那天，他的棺材由他的儿子米歇尔、侄子维多里奥和两个外甥埃里亚和多那托担着。卡尔梅拉也出席了，脸无表情，她不哭，身子挺直。当棺材担到她的面前，她把手放在嘴上，在棺材上放下一个吻——这使拉法埃莱在死亡中微笑。

全镇的人看到棺材经过，都感到这是一个时代的终结。他们埋葬的不是拉法埃莱，而是斯科塔·马斯卡尔松整个家族，大家在埋葬旧世界，那个经过疟疾和两次世界大战的旧世界，那个经过移民潮和贫困的旧世界，大家埋葬的是旧的记忆。人是算不得什么的，不会留下一点痕迹。拉法埃莱正在离开蒙特普西奥，所有人在他经过时脱去帽子，低下头，意识到不久会轮到他们自己消失，这不会让橄榄树流出一滴眼泪。

舅舅说出自己的秘密，使多那托的宇宙动摇。从此，他瞧着四周的生活，眼里带一种倦意，一切在他看来是虚假的。他的家族史就是一连串失意人生的沧桑史。这些男男女女都没有过上自己愿意过的生活。他的舅舅从来不敢表白自己的爱情。在家族的历史中还隐藏着多少其他不为人知的伤心事？他心中侵入极度的悲哀，跟人来往在他已变得不可忍受，唯一留下的事就是走私了。他全心全意去做这件事，他完完全全生活在船上。他也只能如此，做个走私者。是不是香烟已无关紧要，走私的也可以是珍宝、酒或者塞满无价值废纸的麻包，主要是夜间行船，在一片寂静的海面上自由漂流的这些时刻。

到了晚上，他解开缆绳，黑夜开始了。他驶至蒙特富斯科岛，这是意大利海岸边上的一座小岛，一切非法交易的集散地。在那里阿尔巴尼亚人卸下他们偷来的货物，进行交换。归航途中，他的小船装满箱装的香烟。他在黑夜里跟海关缉私船玩捉迷藏，这叫他好笑，因为他知道自己是个中好手，没有人抓得住他。

他有时还远航到了阿尔巴尼亚，那就要用一艘较大的船只，但是他的内心不喜欢这样的远航，不，他爱做的是驾了他的那艘渔船，沿着海岸的一个个海湾往前开，就像是沿着墙走的一只猫，在温柔的黑暗里干非法的勾当。

他在波涛上滑过，悄无声息。他躺在小船底舱，凭着星辰驾驶。在这些时刻，他什么都不是，他忘了自身的存在。没有人认识他，没有人说话。他是遗落在大水中的一个点，在浪涛中摇摆的一叶小舟。他什么都不是，让世界侵入他的内心。他学会了理解海的语言、风的命令和水波的呢喃。

他只有去走私，他需要满天晶莹的星斗来宣泄积郁，他不要求任何东西，只要让他在水流中滑行，把世上的烦恼抛在身后。

有什么事似乎不同寻常。多那托已经靠上蒙特富斯科岛的一个小湾。那是早晨一点钟，那棵无花果树下，平时拉米纽吉奥带着香烟箱等待他的地方，没有一个人。

拉米纽吉奥的声音在黑夜里响起，一半是叫喊，一半是低语："多那托，往这儿来！"

有什么事似乎不同寻常。他慢慢上坡，在碎石子与无花果树中间穿过，到了一座小山洞洞口。拉米纽吉奥在那里，手里一只手电筒。在他身后有两个人影，坐在岩石上一动不动，也一声不出。

多那托用目光询问他的伙伴，他忙不迭地向他解释：

"不要着急，一切都好。我今天没有香烟，但是我有更好的生意，你会看到的，对你来说一切照旧。你把他们送到老地方，玛托会来接他们，这都说定了的，同意吗？"

多那托点头同意。拉米纽吉奥于是在他手里塞了一大卷钞票，笑着对他悄声说："你会看到的，这比香烟赚得多。"多那托没有数，但是从分量上来说，他知道是往常报酬的三倍甚至四倍。

偷渡的人静静坐下。多那托没有向他们招呼，他开始划桨离开海湾。这是一位妇女，二十五岁左右，陪着她是的她的儿子，大约八岁到十岁之间。起初多那托完全忙于操纵船，没有时间看他们一眼，但是不久小岛的崖岸消失了，他们到了外海。多那托发动起了马达，没有事可做了，也就眼睛朝偷渡的人看去。小孩仰起头靠在母亲的膝盖上，观望天空。那位妇女身子挺直，她仪态甚美。从她的衣服和一双强壮和多老茧的手看出她是个劳苦的人，但是她的眉宇间显现出一种威严。多那托几乎不敢说话，船上有了这位女性使他感到一种以前未曾有过的胆怯。

"来支烟?"他问，递过去一包烟。妇女微笑，用手势说"不"，多那托立刻自责。一支香烟，当然她是不会要的。他点燃他的烟，略一思索又说，指着自己：

"多那托。你呢?"

妇女回答的声音很温柔，但充满了整个夜空：

"阿尔芭。"

他微笑，好几次重复念"阿尔芭"，为了表示他听明白了，觉得这个名字好听，然后他不知还可以说什么，也就不出声了。

渡海的全过程，他凝视孩子漂亮的面孔，母亲细心的动作，她用手臂盖在他身上防止他着凉。尤其让他喜爱的是这位妇女的沉默。他不知为什么自己心里满怀一种自豪感。他带了他的客人朝加加诺海岸驶去,安全可靠,没有一艘缉私船会发现他,他是神出鬼没的走私者。他渐渐滋生一种欲望,想这样跟这位妇女和这个孩子呆在这艘小船上,永远不再靠岸。这个夜里,也是平生第一回他感到这种诱惑,不再回去,待在这里,在波涛上。让黑夜永远延续下去。今后的一生就是在这无尽的黑夜的星光下,皮肤沾着浪花的盐渍。一个黑夜中的人生,带着这位妇女和她的儿子沿着走私的海岸从一地漂流到另一地。

天色没那么暗了,不久意大利海岸已出现在视线之内,这是早晨四点钟,多那托违心去靠岸。他帮助妇女上岸,抱起孩子,然后最后一次向她转过身,面带喜悦跟她说"再见",这句话从他的本意来说包含的意义还更多,他愿意祝贺她好运,对她说他很爱这次渡海,他愿意对她说她是个美人,他喜欢她沉默不言。她的儿子是个好孩子。他愿意对她说他希望再见到她,她愿意渡海几次他就帮她渡海几次。但是他只会说"再见",满眼幸福,充满希望。他肯定在这句简单的话后面隐藏什么她会知道的,但是她只是向他还个礼,钻进等待着她的汽车。玛托已经关掉发动机,过来跟多那托打招呼,让那两位客人坐在车子后座。

"旅途都好吧?"玛托问。

"是的。"多那托喃喃地说。

他瞧着玛托,他觉得他那时神思恍惚中没有问拉米纽吉奥的问题可以问他了。

"这两个人是谁?"他问。

"阿尔巴尼亚偷渡者。"

"他们去哪儿?"

"先到这里,然后用卡车带到罗马,从那里什么地方都去,德国,法国,英国。"

"她也是?"多那托问,他没能把这个妇女和玛托说的偷渡网联系起来。

"这要比香烟油水多多了,不是吗?"那个人说,没有回答他的问题。"他们准备倾家荡产来付偷渡费。几乎人家要多少就给多少。"

他笑了,拍拍多那托的肩膀,向他告别,坐上汽车,在轮胎的吱吱声中消失了。

多那托单独留在沙滩上,茫然若失。太阳正在升起,像个帝王慢悠悠威严十足。水面上闪烁玫瑰色光斑。他从口袋里取出那束钞票，点了一点，二百万里拉，二百万里拉的皱钞票，如果再加上拉米纽西奥的一份，玛托的一份，蛇头的一份，那位少妇大约至少付了八百万里拉。多那托羞惭得无地自容，他开始大笑。这是洛可·马斯卡尔松的食肉兽式的笑。他像个痴呆似的狂笑，因为他刚刚明白他把这个女人最后几个小钱都刮光了。他边想边笑：

"我是个恶魔，二百万，我从她和她的儿子身上拿了二百万。我向她微笑，我问她的名字，我认为她很感激这次渡海，我是个最下贱的人。偷一个女人的钱，敲骨吸髓，然后还敢跟她闲聊。我确实是洛可的儿孙，没有信仰，没有廉耻。我不比其他人更好，我甚至还更坏，坏得多。我现在有钱了，我口袋里藏了人家的一生的血汗。我上咖啡馆去庆祝这件事，请大伙儿喝上一杯。她的儿子睁着两只大眼睛瞧着我，我看到自己在教他怎样识别星星和海涛声。我真无耻，有我这个贱姓的堕落者家族真无耻。"

从这天开始，多那托不再是原来那个人。他的眼睛蒙上了一块纱，一直保留到死亡，就像其他人脸上的一条疤。

多那托愈来愈少见到其他人。他出海日子也愈来愈长。他陷在孤独中不说一句话，也没有丝毫犹豫。他的表弟，拉法埃莱的儿子米歇尔，他还是继续跟他相遇，因为他经常到塔台上的穴居人小室里去过夜。米歇尔有个儿子：埃米里奥·斯科塔。多那托的最后几句话是对他说的。当男孩到了八岁，多那托带他上了他的船，就像他的舅舅朱塞佩以前给他做的那样，让他在海上随着缓慢的水流转了一圈。太阳落入海面，把水波染成美丽的玫瑰红，闪闪发亮。孩子在整个航行途中没有说话，他非常喜爱多那托表叔，但是不大敢向他提问题。

最后，多那托向孩子转过身去，对他说，声音温和严肃：

"女人的眼睛比星星还大。"

孩子尽管不明白还是点点头，但是永远忘不了这句话。多那托愿意完成斯科塔的誓言，轮到他把一种知识传给家人。他长时间思考过，他自问他知道什么，在生活中学到了什么。唯一令他立即想到的是与阿尔芭和她的儿子度过的那个夜晚。阿尔芭那双乌黑的大眼睛，他快乐地钻在里面。是的，这个女人的两个瞳仁，催得月亮也会入眠。在他看来星星跟它们相比要渺小多了。

这是他说的最后的话。斯科塔家人再也没有见过他，他不再靠岸，他只是在两岸之间一个移动的点，一只行驶在黑夜的小船。他不再走私香烟，他当上了偷运者，只做这个勾当。从阿尔巴尼亚海岸到普利亚海岸，一日不歇地，让前去搏命运的外国人搭船上岸，都是些年轻人，吃得太少而瘦了下来，睁着饥饿者的眼睛盯着意大利海岸看个不舍。这些青年两手发抖，急于要工作。他们即将在一块新土地上登陆。他们逢人就出卖自己的劳力，在福贾大庄园里收番茄折断了腰，或者在那不勒斯地下车间低头干活。他们即将像牲畜那样劳动，同意让人家榨干身上最后一滴汗，同意剥削的桎梏和金钱的粗暴统治。这一切他们都知道。知道他们年轻的身子从今以后打上这些年的烙印，这是非人所能胜任的苦活，但是他们要赶紧。多那托看到他们靠近意大利海岸时，都脸上亮起同样贪婪、迫不及待的光。

整个世界都倾倒在他的小船里。这也像是一年四季。他看到那些受难国家的居民向他走来。他仿佛摸着了地球的脉搏。他看到阿尔巴尼亚人、伊朗人、中国人、尼日利亚人，都搭过他的狭小的船只。他陪着他们辗转海岸，永不间歇地来来往往。他从未遇到意大利海关缉私船的拦截。他像一艘幽灵船在水波上滑行，听到远处有马达声就命令他偷渡的人不要出声。

有许多妇女搭上他的小船。阿尔巴尼亚女人去海滨的酒店当清洁工，或者在意大利人家庭照顾老人。尼日利亚女人在福贾和巴里之间的公路旁出卖肉体，有彩色阳伞遮挡阳光。伊朗女人累得脱力，对她们来说旅程还才开始，因为她们走得更远更远，到法国或者到英国去。多那托观察她们，一声不出。当其中有一人是单独偷渡，他总是设法在她还没有离开船以前把钱还给她。每次当那个女人睁大惊奇的眼睛抬头看他，低声向他道谢，或者吻他的手，他嗫嚅着说："为了阿尔芭。"然后画个十字。阿尔芭萦绕他的心头不去。起初他想到询问搭船的阿尔巴尼亚人是否认识她，但是他知道一切都是徒劳。他就不开这个口。单身女人几小时前交给他的一包钱，他又塞到她们的手里。为了阿尔芭，为了阿尔芭，他说。他想："为了阿尔芭，我把她的钱都取光了。为了阿尔芭，我把她放到了一个可能让她沦为奴隶的国家。"那些女人经常会用手指抚摸他的脸颊，祝福他，祈求让他进入天堂。她们这样做的时候很细腻，就像她们对待一个孩子似的，因为她们感觉到这个沉默寡言的男人，这个不声不响的偷运者，其实只是一个跟星星说话的孩子。

多那托最后完全见不到了。起初埃里亚并不着急，有几个渔夫朋友在海面上远远见过他。他们听见他唱歌，他在夜里偷偷出海回来后就爱这样做。这说明多那托还在海上某处什么地方，他只是隔了更久回来而已。但是几星期过去了，然后几个月过去了，埃里亚不得不面对事实，他的弟弟失踪了。

这次失踪在他的心底留下一个敏感的伤口。在失眠的夜晚，他祈祷他的弟弟没有被一场暴风雨打入海底死亡。这个想法他无法忍受。他想象惊涛骇浪中的最后时刻，绝望者的叫声。想到海事遇难者面对着大海的无底的肚子只能画十字，在孤寂中凄凉死去，他好几次会流下眼泪。

多那托不是死在暴风雨中。在生命的最后一天，他沿着水流慢慢滑行，波涛摇着他的船轻轻晃动，阳光照着无边的海面放光。他脸上的皮肤也都灼伤了。"在水中央也会灼伤真是怪，"他想，"我嗅到盐的味道，周围到处都是，我的眼皮上也是，我的嘴唇上也是，我的喉管里也是。我不久就会是一具白色的小尸体，蜷缩在我的船舱底下。盐吸收我身上的水，我身上的肉，就被盐保存着，就像鱼摊上被盐腌过的鱼。盐在咬我，我要被它咬死的。但是这是一场缓慢的死，我还有一些时间，有时间在我的腰里洒上一点水。"

他凝望远处的海岸，在想他要回去还是容易的。这当然要花一番力气，因为好几天没有吃东西身体很虚弱，但是还是能够做到的。再过一会儿就不行了，再过一会儿，徒然有天大的意志，海岸也将是一条可望不可及的线，那时要靠近它会是一场可怕的噩梦。就像人会淹死在几立方厘米的水里。深度并不可怕，但必须有力气把头伸出水面。过一会儿，他就做不到了。目前，他窥视着故乡参差不齐的海岸线，它在地平线上跳跃，仿佛在向他告别。

他竭力喊叫。不是为了呼救，而是试试是否有人会听到他，他喊叫。没有一点动静，没有人回答他。景色依然如此。没有一道光亮起，没有一艘船靠近。哥哥的声音没有回答他。即使在远处也没有，即使连一声闷响也没有。"我走得太远了，"他想，"世界不再听到我了。哥哥要是知道我向世界告别时呼喊的是他，他知道了会不会高兴？"

他觉得现在再也没有力气后退了。他刚才跨过了界限，即使突然感到悔疚，也不能往回走了。他自问离开神志丧失还有多少时间。两小时？可能更多。然后从无意识到死亡呢？夜色降临后一切都会加速的。但是太阳还悬在空中，保护着他。他拨转船头面对太阳。海岸到了他背后。他看不见了。大约是下午五点到六点。太阳正在西落。它朝着大海倾斜到最后躺在里面。太阳在水波上划出一长条绛红色的痕迹，在鱼背上闪闪烁烁。这好像是在水中开辟的一条道路，他把船置于光明大道的中央，太阳的轴心。他只有往前走，直到终点。太阳灼伤了他的神志，但是直到终点前他一直在说话。

　　"我前进。我有一长群章鱼护送我。章鱼围绕我的小船，用它们的鳞脊驮着我。我往远处去。太阳指出我的道路。我只要循着它的热气跟过去，忍受它的目光。它对我没那么耀眼了，它认出了我，我是它的一个孩子，它等着我。我们一起钻入水里。它的光芒四射的大脑袋使海水颤抖。大气泡将向我离开的那些人表示多那托死了。我是太阳……章鱼护送着我……我是太阳……直至海底……"

我知道我将会怎么死的，唐萨尔瓦托尔。我仿佛看到了自己最后几年是什么样的，我将是个没有头脑的人。请什么也别说，我向您解释过了，这已经开始了。我将失去理智，我分不出面孔和名字，一切都混淆不清。我知道我的记忆会一片空白，不久会什么都不能分辨。我将是一具没有记忆的干瘪躯体，一个没有历史的老太婆。这个我以前也曾见过。当我们还是孩子时，我们的一个女邻居老得不省人事了。她连儿子的名字也记不得。当他面对着她，她也认不出来了。发生在她身上的事都令人不安，她对自己的生活整段整段遗忘。大家上街去寻找她，她像狗似的在闲逛，她跟周围的生活失去了接触，她只是跟自己的幽灵一起生活。这就是等待着我的前途。我会忘了周围的事物，我会在思想中陪伴我的兄弟。记忆将会消失。好吧。这是适合我的一种消失方式。我会忘记自己的生命。我朝着死亡走去，不畏惧，不迟疑。再也没有为之哭泣的东西了。这样平和。遗忘会舒解我的痛苦。我会忘了我有两个儿子，其中一个已从我这里夺走了。我会忘了多那托已经死去，大海保留着他的尸体。我会忘了一切，这将容易多了。我将像个孩子。是的。

这我很称心。我将慢慢地溶解。我每天死去一点。我不用去想也会抛弃卡尔梅拉·斯科塔的。死亡的那天，我甚至记不起我曾是个怎样的人。我离开一家人不伤心，你们对我都已是外人了。

除了等待以外没有其他事可做了。病痛在我的身子里面。它将逐渐地把一切消灭。

我是不会跟我的孙女去说的。我会在她成年以前死去，要是我那时活着，也记不清我想要跟她说的是什么。事情太多了，一切都混淆起来。我什么也分不清，我说话结结巴巴，我会吓着她的。拉法埃莱说得对，必须把事情说出来。我跟您把一切都说了。唐萨尔瓦托尔，以后由您跟她说吧。当我那时死了，或者我只是一个不会说话的木偶，您代替我跟她说。安娜。她将是个什么样的女人，我是不会知道的了，但是我愿意我还有一点儿留在她身上。

唐萨尔瓦托尔，您跟她说，她的祖母是一位名叫科尔尼的波兰老人的女儿，这并不算荒唐。您跟她说我们决定做斯科塔，在这个姓氏下紧紧搂在一起感到温暖。

我的话都会随风飘走。我不知道将来落在哪里。它们会散播在山岗上。但是您费心至少让其中几句给她听到。

　　我是这么老了，唐萨尔瓦托尔。现在我要闭嘴了。我感谢您陪我走了一程。您就回去吧，嗯？我累了。回去吧，不要为我担心。我要再待一会儿，对这些事最后再想一次。我感谢您，唐萨尔瓦托尔。我向您说再见。谁知道我们重新遇见时我还认得出您么？夜色温柔，天气很好。我留在这里。我多么喜欢风能下决心把我带走。

九　地　震

一分钟以前，平安无事，生命缓慢平静度过。一分钟以前，烟草店顾客盈门，就像一九八〇年这个夏季开始后的每一天。小镇上都是旅客。全家老小都来了，海边的野营挤得人满为患。夏季三个月，小镇就赚上一年的钱。蒙特普西奥的人口多了三倍。一切都在改变。少女来了，美丽，自由，随着她们带来北方的最新时尚。花钱哗啦啦似流水。在这三个月，蒙特普西奥的生活变疯了。

一分钟以前，紫铜色的身体、娇媚的女人、嘻嘻哈哈的孩子，这个快乐的人群都争先恐后往大街上去。露天座上坐满客人。卡尔梅拉瞧着大街上川流不息的游客。现在她是个佝偻健忘的老婆子，整天坐在一张草垫椅子上，靠着烟草店的墙头。她变成了她曾预感到的影子。她的记忆也弃她而去，精神恍惚不定。她像个鹤发鸡皮的新生儿。埃里亚照顾她。他叫来镇上一个妇女，负责喂食和换衣服。再也没有人跟她说话了。她带着不安的目光看世界。一切都是威胁。偶尔，她开始呻吟，好似谁在扭她的手腕。她身上时常有一阵阵说不清的恐惧。当她激动时，还常见她在附近的街上逛来荡去。她吼叫兄弟的名字。

别人必须说服她回家，耐心地让她安静下来。她也会认不得自己的儿子。次数愈来愈多。她凝视他，对他说："我的儿子，埃里亚，去把我找来。"在这些时刻，埃里亚咬紧牙关，为了不哭出来。无药可治。他询问过的医生都这么跟他说。只有陪伴她在老年缓慢的斜坡上走下去。时间渐渐把她吃掉，时间总是先从头部开始它的盛宴。她只是一个空洞的躯体，思想起了痉挛就抖动一下。有时一个名字、一桩回忆穿过她的脑神经。她于是声音像以往那样问一问镇上的新闻。唐萨尔瓦托尔叫人捎来水果，有没有想到去谢他？安娜几岁了？埃里亚对这些恢复清醒的假象已经习以为常。这只是痉挛而已。她总是陷入深度沉默。没有人陪伴她也不再出外走动。一旦独自一个人走在小镇上迷了路，她在再也认不得的纵横交错的小街上开始号啕大哭。

她从不回到教堂后面，踏上横卧着被岁月磨损的旧神工架的那块地。当她跟唐萨尔瓦托尔相遇时也不向他打招呼。这些面孔对她都是陌生的。她周围的世界对她来说也不知来自哪里。她不属于其中一部分。她待在那里，坐在她的草垫椅上，偶尔扭着指头低声自言自语，或者吃着儿子给她的烤杏仁，带着女孩子的喜悦之情。

一分钟以前，她待在那里，目光茫茫。她听到埃里亚的声音，在屋内跟顾客讨论，这个声音足够让她知道她在自己的位子上。

突然，小镇抖动了一下。路上的人都一动不动了。一阵轰隆声使街道哆嗦。不知从哪儿来的。轰隆声响了，到处都是。好像沥青路面下驶过一辆有轨电车。女人感到她们夏季穿的薄底浅口鞋踩着的地面变得流动了，一下子面容变色。墙里也好像有什么东西蹿过。橱柜里的玻璃叮当响。灯倒在桌子上。墙壁像纸片似的弯曲。蒙特普西奥人觉得他们把自己的村庄建在一头野兽的背脊上，经过几世纪的睡眠后它在醒来蠕动了。旅客很惊讶，瞧着当地人的面孔，满目狐疑在问："这怎么一回事？"

然后一个声音在路上吼叫，这一声过后立刻又是几十声回音："地震啦！地震啦！"这时，在肉体的不信后引起精神的恐慌。轰隆声巨大无比，盖没了所有声音。是的，大地在震动，撕裂沥青路，切断电流，在房屋的墙面打开大豁口，桌椅掀翻在地，满街淹没在坍塌的砖瓦灰土之下。大地在震动，其威力没有东西可以控制。人又变成了小昆虫，在地球表面上奔跑，祈祷上帝不要被土地吞食。

但是轰隆声已经微弱了下来，墙壁停止颤动。人们刚刚有时间说这是大地奇怪的愤怒，一切都已静止。犹如暴风雨结束后恢复平静，又自然又令人惊愕。蒙特普西奥全镇的人都在街上。他们稍一思索，个个都极早从家里逃出，生怕墙头倒下，砖石四飞，会把他们埋在坍塌的瓦砾堆下。他们都在户外，像梦游者。张口结舌瞧着天空。有些女人开始哭了。是宽心或是害怕。有些孩子大叫。大多数蒙特普西奥人不知道说什么。他们都在那里，相互对看，庆幸尚活在人间，内心还是颤抖不止。这不是大地的轰隆声震动他们的肉身，代之而起的是后怕，叫他们的牙齿打战。

在街上响起大喊大叫声以前，在每个人清点亲人以前，在大家在没完没了的闹声中开始无休止地议论命运的打击以前，埃里亚从烟草店走了出来。在震动的这段时间里他留在屋内。他没有时间去想，甚至没有想过他可能会死。他冲到路上。他的眼睛在人行道上扫过，开始吼叫："缪西娅！缪西娅！"但是这没有引起任何人的惊跳。因为这时候整条大街上此起彼伏都是喊叫声。重新恢复生命的人群发出的喧嚣盖没了埃里亚的声音。

卡尔梅拉沿着满是尘土的路慢慢走。她固执地走着，好像她很久没这样做了。一个新的力量支撑着她。她在人群中穿越，绕过路上的裂缝。她低声说话。头脑里乱成一团。地震。她的兄弟。弥留时的老科尔尼。往事像一堆熔化的岩浆往上涌。她的回忆凌乱断续。一群面孔在她脑海中争着过来。她对周围的事物不再注意。街上有几个女人看到她过去，喊她，问她是否一切都好，家中没有受到什么灾害吧，但是她不回答。她往前走，执拗，一心在想自己的事。她朝着基督受难路走。坡很陡，她不得不好几次停下喘口气。她趁停下来时俯视全镇。她看到男人穿了衬衫在户外，察看墙头估计受损程度。她看到小孩在提问题，没有人能够回答。为什么大地震动了？它还会震动吗？由于做母亲的都不回答，由她来回答吧，她已那么久没有说话了。"是的，大地还会震动的。大地还会震动的。因为死人饿了。"她低声说。

　　然后她又走了起来，把村庄与嚣声留在身后。她走到基督受难路的尽头，往右拐到圣乔贡多公路，直至到达公墓的铁栅栏。她要来的是这里。她当时从木椅上站起身，头脑里只有一

221

个想法：到公墓去。

当她推开栅栏门，精神好像平静下来。她的老太婆脸上有了最后一个少女的微笑。

当卡尔梅拉在公墓小径上愈走愈深，蒙特普西奥突然鸦雀无声。仿佛在同一时刻所有居民都想到同一件事。大家的神经都受到同样的恐惧的压迫，异口同声说这句话："余震。"每次地震之后都会有余震。这是不可避免的。另一次震撼即将来临。这不会太久。只要余震没有过去，就不要庆幸与回家。那时蒙特普西奥人紧挨着团结一起，在广场上，在大街上，在小路上。有人还去寻找被子和贵重物品，以防万一他们的房子经不住第二次冲击。然后他们安心等待痛苦的折磨。

只有埃里亚前后左右奔跑，挥动手臂隔开人群，看到认识的人就问："我的母亲？您看见我的母亲了吗？"别人不作回答，向他反复说："坐下来吧，埃里亚，待在这里。等着。余震就要来了。跟我们一起待着。"但是他不听，继续寻找，像个迷失在人群中的孩子。

他在广场上听到一个声音高叫："你的母亲，我看见过她。她朝着公墓那里去了。"他连谁帮了他也没认清，就朝着他所说的方向冲去。

余震来得那么突然，把埃里亚脸朝下掀翻在地。他在马路中央贴着地面。大地在他身下轰隆响。石头在他的肚子下、腿下、手掌下滚动。大地伸张、收缩，他感受到它的每次抽搐。轰隆声在他的骨头里回响。在那几秒钟，他就这样呆着，额头埋在灰尘里，然后震动静了下来。这只是一场过去的怒火的遥远回声。大地通过这第二声警告，才使人又把它想起。大地在那里。它在他们的脚下是活的。可能终有一天大地厌烦或发怒，把全体人类都吞噬进去。

他觉得嚣闹声低了下来，立即重新起立。沿着脸颊流下一点血。他跌倒时磕破了眉弓。但是他连擦也不擦又朝着公墓奔去。

正门掉在地上。他跨过去进入主墓道。到处是开裂的墓碑。地面上是长条的豁口四处扩散，就像一个人睡着露出全身的伤疤。雕像已四分五裂。有几座大理石十字架倒在草地上成了碎片。震波穿过公墓。仿佛有几匹疯马如龙卷风奔过墓道，把雕像踩在脚下，把坛罐和高大的干花束撞得七歪八斜。公墓都塌了下去，像建筑在流沙上的一座宫殿。他一直奔到一条挡住了去路的大裂口。他静静窥视这条裂口。这里的土地还没有完全合上。这个时刻他知道再喊母亲也无济于事了。他知道自己再也见不着她了。大地把她吞了下去。不会再把她吐出来。他有一时觉得热空气中还有母亲的香味。

　　大地曾经颤抖，把卡尔梅拉的疲倦的老身子接到自己的最深处。他没有别的话可说。他画了个十字。低下头长时间呆在蒙特奥西普公墓，在破碎的坛罐和开裂的坟墓中间，热风轻轻吹过，在吹干他脸上的血。

安娜，听着，这是老卡尔梅拉在低低跟你说话……你不认识我……我好久以前已是一个颤巍巍的老太婆了，你是不会靠近我的……我不说话……我认不得任何人……安娜，听着，这次我把一切都说出来……我是卡尔梅拉·斯科塔……我出生了好几次，在不同的年纪……首先是洛可的手抚摸我的头发……稍后是在把我们送回贫瘠老家的轮船甲板上，哥哥的目光注视着我……在埃利斯岛被人拉出队伍另站一边时，叫我羞愧得无地自容……

大地又打开了……我知道这是为我打开的……我听到亲人在喊我。我不怕……大地又打开了……只要往下跳进这个裂口……到了地心中央就与我的亲人团聚了……我在身后留下什么呢？……安娜……我愿意你听到有人谈起我……安娜，听着，走近来……我要到世界另一头而又没有去成……我在最大城市的脚下过了几天悲惨的日子……我气疯过，也曾经又懦弱又慷慨……我有太阳的干烈和海洋的欲望。

我对拉法埃莱的话竟不知道用什么话回答，至今还在为此哭泣……安娜……直至最后我只做成了这件事：做斯科塔家的姑娘……我不敢属于拉法埃莱……我是卡尔梅拉·斯科塔……我正在消失……让大地在我身上合拢吧……

十　圣埃里亚的赛神会

埃里亚醒来很迟，头昏沉沉的。夜里气温没有下降，他睡眠中烦躁不安。玛丽亚给他准备好了咖啡，已去烟草店开门。他起身，精神呆滞，后脑勺汗水湿润。他什么都不想，只是今天又是一个长日子：这是圣埃里亚主保瞻礼节。冲凉后他感觉舒服，但是一走出浴室，穿上一件白衬衫，又受到温湿空气的袭击。现在还只是早晨十点钟。那一天可以预见是个闷热天。

这时刻，他的小露台还在阴影下。他放上一把木椅子好喝他的咖啡。希望吹到一丝凉风。他住的是一幢白墙红瓦圆顶的小房子。这是蒙特普西奥的传统风格建筑。露台在底楼，向人行道伸出一角，有栏杆围着。他坐在那里，品尝他的咖啡，希望恢复充沛的精力。

有孩子在街上玩耍。女邻居的孩子朱塞佩，玛里奥蒂两兄弟和其他埃里亚面熟的人。他们在玩杀狗游戏，活埋无形的敌人和相互追逐。他们喊叫，抓住对方，躲藏起来。忽然有一句话留在了他的心头。这句话由一个小孩对着他的伙伴喊出来的："大家不可以越过小老头那边。"埃里亚抬起头，看马路。孩子相互追赶，躲在沿人行道停放的汽车保险杆后面。埃里亚用目光搜寻一个老头儿，好知道游戏范围到哪里为止，但是看不到人。"不可以越过小老头那边。"一个孩子又叫了一声。这时候他懂了。小老头，指的就是他。他坐在自己的椅子上，就是那个给他们赛跑场当界线的小老头。这时他一下子感到若有所失，他忘记了小孩、叫声和假枪声。他想起舅舅也像他今天那样无聊地坐在自家门前。那时候他觉得他们老态龙钟。他的母亲去世以前也坐在这把椅子上，这把同样的草垫椅子上，整整几个下午坐着呆望附近的街道，让耳边充满噪声。现在轮到他了。他也老态龙钟。整整一生过去了。他的女儿已经二十岁。安娜。他的女儿，他想到她从来不厌烦。是的。岁月消逝了。轮到他坐在草垫椅子上，在街上的一个角落里，瞧着少女匆匆走过。

　　他曾经幸福过吗？他回想起所有那些年代。人的一生怎样掂量呢？他的一生也像其他人的一生。充满——断断续续地——欢乐与眼泪。他失去了他爱的人。他的舅舅。他的母亲。他的弟弟。他也认识了这样的痛苦。感到自己孤独无用。但是他身边还有玛丽亚和安娜，欢乐依然不减，这抵消了一切。他曾经幸福过吗？他回想起烟草店火灾和结婚后的那些年代。觉得这是无比遥远的往事，好像是另一个人生。他回想起那些年代，他觉得他不曾有过一秒钟的时间来喘口气。他在金钱后面追赶。他工作，直至他的黑夜不比他的午睡时间长。但是是的，他曾经幸福过。他的舅舅说得对，他的老舅舅法吕克，有一天对他说过："享用你的汗水。"这样的事有过。他曾经用尽了力气，幸福过。他的幸福是从这样的劳累而来的。他奋斗。他挣扎。现在他变成了坐在他这把椅子上的小老头；现在他事业有成，把店开了起来，给妻子与女儿一个舒适的生活；现在因为脱离了危险的境地，因为不受贫穷的困扰，他可以充分幸福时，反而感觉不到这种强烈的幸福感。他生活在舒适与平静中，这已经是一种运气。他有了钱，但是人生中你争我夺的这种野性与幸福，却留在身后了。

小朱塞佩被他的母亲叫回去。母亲的热烈响亮的声音把埃里亚从他的遐想中拉了回来。他抬起头。孩子已像一群蚂蚱飞走了。他站起身。这一天就要开始了。今天是圣埃里亚节。天气热。他有那么多的事要做。

他走出家门，上了大街。村镇已今非昔比。他努力回忆五十年前的模样。他童年时代知道的商店还有几家存在呢？这一切慢慢地都有了变化。儿子继承了父亲的事业。招牌换过了。露天座扩大了。埃里亚在为节日打扮的街道中间走着，只有这件事没有变。今天也像往年，镇民的热诚使房屋正面墙上流光溢彩。彩灯花环连接两边的人行道。他经过糖果摊前面。两辆巨大的手推车上装满形形色色的糖果甜点，引得孩子都转过头去。再过去一点，一个农家的儿子牵了驴子向小孩拉生意骑上兜圈。他在大街上上下下来回，毫不疲倦。孩子拉住牲口，起初有点害怕，然后要求父母让他们再骑一圈。埃里亚停下。他又想起他的老驴子莫拉迪。他的舅舅的抽烟的驴子。他和弟弟多那托多少次骑到它的背上，高兴得像个征服者，多少次他们哀求米米舅舅或佩佩舅舅带着他们骑一圈？他们喜爱那头老驴子。他们看它含着长长的麦秆当烟吸会扑哧笑出声来。当那个老牲畜斜着狡猾的目光，最后把烟蒂吐出来，神色自若就像沙漠中的老骆驼。他们拼命鼓掌。他们很爱这头老牲畜。莫拉迪驴子是生肠癌死的——这终于向心存怀疑的人证明它是在真的抽烟，像人一样把烟都吞进肚里。要是莫拉迪老驴子多活几年，埃里亚会悉心照顾它。他的女儿也会钟爱它。他想象小安娜看到老毛驴时哈哈大笑。他会让女儿骑在驴背上，牵着在蒙特普西奥串街游巷，附近的孩子看着会咋舌说不出话。但是莫拉迪死了。它属于一去不复返的时代，埃里亚好像是最后一个还在悼念这个时代的人。想到这些，眼泪不由夺眶而出。不是因为想到驴子，而是想到他的弟弟多那托。他回忆起这个行为奇异、沉默寡言的孩子，他与他共同玩一切游戏，分享他的所有秘密。他有过一个弟弟，是的。唯有多那托，埃里亚可以跟他谈到童年，并知道他会被他理解的。马蒂娅舅妈家的干番茄的气味。玛丽亚舅妈家的夹馅茄子。跟邻近街区的孩子扔石子打架。多那托像他一样都生活过。他回忆起这些遥远的年代跟他一样清楚，一样怀旧。今日，埃里亚是一个人。多那托没有回来过，他的失踪在他的眼睛下留下两道长痕，这是一位哥哥的皱纹，失去弟弟后孤苦伶仃。

空气潮湿使皮肤发黏。也没有一丝清风来吹干身上的汗。埃里亚小心翼翼地沿着有阴影的墙头慢慢走，免得衬衫湿透。他来到公墓的白色大门前，走了进去。

这个时刻，又是主保瞻礼节，里面没有一个人。年老的妇女都一早起身到她们的亡夫坟上放一束花。园内是空的，静悄悄。

他在墓道上往里走，阳光照射在两旁的白色大理石上。他缓步走着，眯着眼睛看墓碑上刻的死者名字。蒙特普西奥的每户人家都在这里。塔伐格里奥格、皮斯科蒂、埃斯普西托、德·尼蒂斯。父与子、姑妈与侄子。每个人。整整几代人都在一座大理石园地里共处。

"这里的人我认识的比镇上的还多，"埃里亚心里在说。"今天早晨这些孩子说得对。我是一个小老头儿。我的家人差不多全在这里了。我猜想从这点看出您的年岁不小了。"

这个想法使他感到一种奇怪的慰藉。当他想起所有他认识的人都走上了这条路，也对死亡减少了畏惧之心。就像一个孩子要跳过前面的沟身子发抖，但是看到其他同伴都跳到了对面，胆子也大了起来，对自己喃喃说："他们做到了，我也能做到的。"这就是他对自己在说的话。如果说那些人并不比他更勇敢、更强悍，都死了，那么他不也是可以轮着去死么。

他现在走近了他的亲人埋葬的墓区。他的舅舅个个都与妻子同穴。墓室不大，不够斯科塔家族人的全部葬在一起。但是他们特意要求不要彼此相距太远。埃里亚稍往后退。他在一条凳子上坐下。从他那个位置，他看到他们大家。说粗话的米米舅舅。圆肚子的佩佩舅舅。法吕克舅舅。他这样子待了很久。在阳光下。忘了炎热。毫不注意沿背脊流下的汗。他又想起他熟悉的舅舅的音容笑貌。他又想起人家跟他说起的故事。他怀着孩子的赤诚爱过这三个人。更胜过爱自己的父亲——往常在他看来父亲倒像是个陌生人，在家庭聚会上不自在，不能对自己的儿子传递一点自己的真情，而三位舅舅他们不断地照顾他和多那托，这些成熟的男人，对世界感到厌烦，然而面对纯真无邪的孩子表现了慷慨。他从他们那里得到了什么，他无法说得完全。这是些话。这是些行为。也是些价值观。他现在还意识到自己当了父亲，他的大女儿有时还斥责他的思想方式，在她看来都已老朽迂腐。比如说缄口不谈钱，重承诺，好客。还有怨恨难消。这一切都来自他的舅舅。他知道。

埃里亚在那里，坐在他的凳子上，脑海里思想与回忆搅在一起，嘴上带着微笑，四周都是像从地里钻出来的猫。是不是直射他脑门的太阳光使他产生幻觉？还是墓主真的从墓穴里逃了出来逗留片刻？他觉得他的视线模糊了，他看到他的舅舅就在两百米外的地方。他看到他们。多梅尼科、朱塞佩和拉法埃莱，三个人围绕着一张木头桌子，玩他们爱玩的纸牌，在大街上，黄昏时候。他呆住了，一动不动。他看到他们那么清楚。他们可能老了一点，但看不出来。每人依然保留自己的习惯动作、姿态和清晰的侧影。他们在笑。公墓是他们的。他们用力把牌摔在木桌上的声音，在空空的墓道上轻轻回响。

在桌子一旁的是卡尔梅拉。她瞧着他们打牌。哪个兄弟出错了牌会遭到她的斥责。但是又护着其他人一致埋怨的那个人。

一颗汗珠从埃里亚的眉毛往下滴，叫他闭上了眼睛，他感到太阳晒得很猛。他站起身。眼睛不离他的亲人，倒退着往后走。不久他听不到他们的说话。他画十字，把他们的灵魂交给上帝，谦卑地祈祷让他们继续玩牌，只要世界存在，让他们一直玩下去。

然后他旋转脚跟。

那时他迫切希望跟唐萨尔瓦托尔去谈。不是教民对神父谈——埃里亚很少上教堂——而是大人对大人谈。卡拉布里亚老人始终活着，也过着老年缓慢的日子。蒙特普西奥来了一位新的本堂神父。一位巴里青年，名叫唐里诺。他很讨女人欢心。她们欣赏他，不停地说蒙特普西奥早该有一个现代意识的本堂神父，理解今日的问题，知道怎样跟青年说话。事实上，唐里诺确也知道打动年轻人的心。他是他们的知心人。夏天，在海滩上度漫长的夜晚时他会弹吉他。他叫母亲们安心。品尝她们做的糕点，倾听夫妻间的争执，面带笑容，含蓄专心。蒙特普西奥对自己的神父很自豪。整个蒙特普西奥，除了镇上的老人把他看成是个讨好女人的人。他们没说的就是喜欢唐萨尔瓦托尔的农民式的坦诚与直爽，觉得巴里人可没有他的前任的胆识。

唐萨尔瓦托尔怎么也不离开蒙特普西奥。他要在这里过完他最后的日子，在他的教堂里跟他的教民一起。要给这个卡拉布里亚人说出个年纪是不可能的。这是个干瘪的老人，肌肉结实，目光像鹞子。他将近八十岁了，时光好像把他忘了。死神也不来找他。

埃里亚在他的小花园里找到他，脚踩在草地上，手里一杯咖啡。唐萨尔瓦托尔请他坐在他身边。这两个男人情谊很深。他们说了一会儿，然后埃里亚把折磨心头的事向他敞开：

"唐萨尔瓦托尔，人一代接着一代过去。到头来到底有什么意义？我们到最后有什么结果吗？瞧瞧我们的家族。斯科塔。每个人都各自奋斗过。每个人都各自做得比原来强。又怎么样呢？做我自己？我真的比我的舅舅好吗？不。他们的努力又有什么用呢？什么用也没有。唐萨尔瓦托尔。什么用也没有。这样说真想哭。"

"是的，"唐萨尔瓦托尔回答，"人一代接着一代过去。就是要尽力而为，然后传承下去，让出位子。"

埃里亚一时保持沉默。他喜欢神父的就是他这种不试图把问题简单化或者总从正面观察问题的方式。许多教会人士都有下面这个缺点。他们向教民兜售天堂，这使他们的言辞听起来傻乎乎的，只是些廉价的安慰。唐萨尔瓦托尔就不。简直令人怀疑他的信仰也没给他带来任何安慰。

"在你没来以前，"神父又说，"我也正在问自己呢，埃里亚，这个镇子变成怎样了？这是同样的问题。范围不一样。告诉我，蒙特普西奥变成怎样了？"

"一堆石头上的一袋钱。"埃里亚痛苦地说。

"是的。钱使这些人疯了。渴望有钱。害怕没钱。钱成了他们唯一不忘的念头。"

"可能是，"埃里亚补充说，"但是也必须承认蒙特普西奥人不再饿肚子了。孩子也不再常生病，每户人家都有自来水。"

"是的，"唐萨尔瓦托尔说，"我们是富了，但是随着这种发展一起产生贫困化，哪一天由谁来评审？镇上的生活贫乏了。这些市侩竟还没有发觉呢。"

埃里亚想唐萨尔瓦托尔在夸大事实，但是他想起了舅舅的生活。他的舅舅相互所做的事，他埃里亚曾为他的弟弟多那托做过吗？

"现在轮到我们去死了，埃里亚。"神父带着温情说这些话。

"是的，"埃里亚回答，"我的一生留在了身后。一个香烟的人生。这些销售出去的香烟，都算不得什么。只是些风与烟。我的母亲辛辛苦苦，我的妻子与我辛辛苦苦，为这一箱箱干叶子流大汗，这些干叶子则在顾客的嘴唇之间挥发消失。烟草都成了烟。这像我的人生。消失在风中的缭绕青烟。这一切都没什么。这是一个奇异的人生，人们在夏季的夜晚，对着它神经质地小口抽，或者气闲神定地大口抽。"

"不要慌。我走在你前面。你还有一些日子呢。"

"是的。"

"多可惜，"神父又说。"这些乡巴佬，我是多么爱他们。我真下不了决心离开他们。"

埃里亚微笑。他觉得一位教会人士嘴里说出这个看法很奇怪。受上帝召唤去站在他的右首不是永生与幸福吗？他真想向他的朋友指出这个矛盾之处，但是他不敢。

"我有时候觉得您不是一个真正的神父。"他只是微笑着这样说。

"我不是一直都是。"

"现在呢？"

"现在我想到的是生命，我为不得不要离开而生气。我想到了主，虽认为他慈悲也不足以平息我的痛苦。我相信我太爱人了，从而下不了决心抛弃他们。要不然至少让我可以肯定时常听到蒙特普西奥的消息。"

"应该传承下去。"埃里亚说，使用神父自己的话。

"是的。"这两个人都一声不出。然后神父的面孔上泛出亮光，他说："橄榄是永远的。一只橄榄不长久。它熟了，它烂了。但是橄榄树生息不断，一代接一代，反复重生没有个完。它们都是不同的，但是它们这条长链没有尽头。它们形状相同，颜色相同，在同一个太阳的光照下成熟，有同样的味道。是的，橄榄是永远的。像人也一样。同样永无穷尽的生与死的延续。人的长链不会断裂。不久要轮到我消失了。生命完成了。但是一切为了我们以外的其他人继续下去。"

　　这两个人保持沉默。然后埃里亚看到他上烟草店要迟到了，向他的老朋友告别。向他热情握手时，觉得唐萨尔瓦托尔正要再说些什么，但是他没有做，这两个人就此分手了。

"哎，她在做什么啦？"

埃里亚现在正站在烟草店门前。晚间的灯光映在房屋正面。这是二十点钟，对埃里亚这个时刻是神圣的。镇上的灯都点亮了。乌黑的人群挤在加里巴尔第大街的人行道上。喧闹而又不动的人群。赛神会就要经过。埃里亚要在自己的烟草店门前看着它经过。他以前都是这样做的。他的母亲在他以前已经是这样做了。他等待着。人群挤在他的周围。

"哎，她在做什么啦？"

他等待女儿。这天早晨他对她说："到烟草店来看赛神会。"由于她跟他说"是"的时候样子却像没听见，他又说了一遍："你不要忘了。二十点钟。在烟草店。"她那时笑了，在他的面颊上抚摩了一下，对他抢白了一句："是的，爸爸，像每年一样，我是不会忘记的。"

赛神会就要经过了，她却不在这里。埃里亚开始咒骂。这又不是难办的事。小镇并不大，不可能迷失了路。归根结底，也没什么了不起。她若不来，这是她还什么不懂。他就独自瞧着赛神会走过去。安娜是个美丽的少女。十八岁离开蒙特普西奥到博洛尼亚去读医。学年很长，她读得很起劲。这是埃里亚鼓动她选择了博洛尼亚。少女若在那不勒斯也会受到重视，但是埃里亚要给女儿受最好的教育，他害怕那不勒斯的生活。她是斯科塔家第一个离开小镇，到北方去寻找机会。她继承烟草店这问题不用考虑。埃里亚和玛丽亚竭力反对，少女对这方面也毫无兴趣。此刻，她满心喜欢地在一座美丽的大学城当一名大学生，里面全是眼风光溜的青年。她发现了世界。埃里亚对此很自豪。女儿正在做的事，是多梅尼科向他建议而他没做的事。她是第一个摆脱这块寸草不生的干土地。她一走恐怕从此不回来了。埃里亚和玛丽亚就这个问题经常讨论不休：很有可能她在那里找上一个男青年，她决定在那里定居，也可能在那里结婚。她不久可能是这么一位美丽雅致的女士，满身珠宝，在夏天到加加诺海边过上一个月。

他又在想这一切，一动不动地在人行道上，这时他窥见路角出现圣埃里亚的大旗，在路人头上悠悠摇摆，催人入眠。赛神会队伍到了。队伍领头的是单独一个魁梧结实的男人，手持一根木杆，上面系着一面带本镇代表色的长旗子。他缓慢地往前走，天鹅绒的重量使他走不快，又要注意不让旗杆钩住连接一盏盏路灯的电线。后面跟着赛神会队伍。他们现在出现在视线内。埃里亚挺起身子。整理一下衬衫领子。把手放在背后，等待。他正要责骂他的该死的女儿，已完全变成个米兰姑娘了，这时他感到一只娇嫩颤悠的手伸入他的手中。他转过身。安娜在面前。笑眯眯的。他瞧着她。这是个美人了，在她这个年纪无忧无虑快活。埃里亚亲她，给她在旁边留出位子，把她的手握住不放。

安娜来迟了，那是因为唐萨尔瓦托尔领她去看那只老的神工架。他对她说了好几个小时，把一切都说了出来。仿佛是卡尔梅拉苍老微弱的声音吹过山岗上的荒草。安娜只记得祖母是个身子虚弱、面貌丑陋、痴呆的老太婆，这个形象刚才被一扫而光了。卡尔梅拉通过神父的嘴在说话。安娜从此心里藏了纽约和拉法埃莱的秘密。她决定对父亲什么都不说。她不愿意纽约跟斯科塔家分离。她也不知道为什么，这些秘密使她坚强，无比的坚强。

赛神会队伍停顿了片刻。一切静止不动。人群在默哀悼念，然后队伍又前进了，踏着铜乐队敲得又尖又响的节拍。队伍经过，那是一个感恩的时刻。音乐深入灵魂。埃里亚感到自己也成为周围的一部分。圣埃里亚圣像过来了，由八名汗水淋漓的壮汉担着。它好像在群众上面跳舞，慢慢摆动，像波涛上的一艘船，按照那些人的步伐节奏摇来摇去。蒙特普西奥人在它经过时画十字。这时候，埃里亚和唐萨尔瓦托尔的目光交叉一起。老神父向他点下头，又加上一笑，然后向他祝福。埃里亚又想起过去那些日子，他偷走了圣米歇尔的圣章，全镇的人追捕他，要他为这种亵渎行为付出代价。他弯身画了个十字，深深感到老神父的微笑的温暖。

当圣像抬到烟草店门前，安娜把父亲的手抓得更紧了，做父亲的则在想他以前错怪了。他的女儿虽是离开村子的第一人，但还是个蒙特普西奥人。她属于这块土地。她有这地方的目光与自豪感。这时她在他耳边喃喃地说："什么都满足不了斯科塔。"埃里亚没有回答。这句话他听了很惊讶，尤其他的女儿说这句话时平静坚决的语调。她要说什么？她难道要他提防她不久前发现的家庭隐情？还是跟他说她知道和具有斯科塔传承的渴望？这个渴望曾是他们的力量与诅咒。他想到了这一切，一下子这句话的意义在他看来简单明白了。安娜是个斯科塔家人。她刚刚不久前变成的。尽管她的姓氏是马纽齐奥。是的。是这个。她刚才选择了斯科塔。他瞧着她。她的目光深邃美丽。安娜。斯科塔家最后一个女儿。她选择了这个姓字。她选择吃阳光的家族。这种永不满足的胃口，她也有了。什么都满足不了斯科塔。这种永远要把天空与星斗都吞下去的欲望。他要说些什么话回答，但是这时刻音乐又响起来了，盖罩了群众的嗡嗡声。他什么也不说。把女儿的手紧紧握在自己的手里。

这时候，玛丽亚到烟草店门口跟他们汇合了。她也老了，但是眼睛里依然保持曾经使埃里亚发疯的野性光芒。他们紧挨在一起，四周是人群。满腔是一种强烈的感情。赛神会队伍在那里。在他们面前。响亮的音乐使他们陶醉。全镇的人都在街上了。孩子手里握着满把糖果。妇女抹了香水。以前也一直是这样的。他们身子笔直地站在烟草店门前。带着自豪的心情。不是暴发户的盛气凌人，而是纯真的自豪，因为他们觉得这个时刻是应该自豪的。

埃里亚画十字。亲了一亲母亲给了他、他挂在颈上的玛多娜圣章。他的位子在这里。是的。这是毫无疑问的。他的位子在这里。他不可能在别的地方。在烟草店前。他又想起这些动作、这些祈祷、这些希望的不朽性，感到深深的安慰。他曾是一个人，他想。只是一个人。一切够好的了。唐萨尔瓦托尔说得有道理。人，就像橄榄树，在蒙特普西奥的太阳下，是不朽的。

译后记

一九八四年,《情人》一书问世,杜拉斯已年届七十,突然成了文坛明星。这个现象使杜拉斯本人也感到吃惊。据她自己说,书内有不少迎合大众心理的成分,如酗酒、色情、殖民地情结,又加上似自传非自传的暗示,让读者又可当作自己的故事来欣赏,这一切使这部书成了畅销书。连一向以奖掖新生代青年作家为己任的龚古尔文学奖,也颁发给了《情人》。《世界报》评论员挖苦说:"这是给胜利者驰援来了。"其实,对杜拉斯只是锦上添花,龚古尔文学奖自己则很受伤。

据《文学奖阅读指南》作者贝特朗·拉勃说,法国文坛有一千项奖,为欧洲之冠。每周有两个奖或竞赛诞生,同时又有一个奖或竞赛死亡。得到媒体最多追捧的不一定是最优秀的,绝大多数奖项设立的目的是促销,不是推荐。

给萨特主编的《现代》杂志当过三十年秘书的杰尔曼娜·索尔贝,在《喂,我给您接萨特……》一书中回忆说,当年伽里玛出版社举行的鸡尾酒会上，出版家、作家、评论家谈的是作品价值，不是排行榜，提到的是作家与文学，不是营销术。索尔贝还说，现在回想这些情景如在梦中。

书籍成为大卖场商品，评审会成为商业性行会，作品推介成为营销促销。作家也纷纷窥测市场动向、评委口味，然后再调制作品的菜谱。"要别人感动，先要自己感动"，这条艺术创作心得，也变成了"要别人感动，先要问别人给什么感动"。于是媚俗的煽情作品风行一时。

得奖作品总是可以引起关注。成全一个人或一部作品是授奖的一大功绩，同时又疏忽了其他足可与之媲美的人与作品，这又是授奖的一大罪过。

多年来，法国文学大奖如龚古尔、勒诺杜、费米娜……只是在财力雄厚的大出版社之间流转。以致有个绰号送给这些评审会，称为"伽里格拉瑟伊"（Galligraseuil），这是伽里玛、格拉塞、瑟伊三家出版社社名词头的组合。也有把瑟伊换成阿尔班·米歇尔出版社，称"伽里格拉班"（Galligrasbin）。

小出版社简直得不到优秀的稿子，因为有才华又还尚无名的青年作家经常听到这样的忠告：你怎么还把稿子往小社寄，那里永远别想得奖，也就没有出头之日。

艺术与风尚混淆不清，卓越与畅销相提并论。幸而读者不是傻子，也不愿做傻子，久而久之，文学奖的威望大打折扣。素有作品推销机之称的龚古尔奖，二〇〇二年与二〇〇三年的得奖作品的销量也惨遭滑铁卢。

龚古尔学院下决心要重新擦亮自己的金字招牌。二〇〇四年，它把龚古尔文学奖颁给了洛朗·戈代的《斯科塔的太阳》。评委会女主席爱德蒙特·夏尔-鲁在接受采访时说："我们要找的是一部不同凡俗的书，无论从写作技巧、情节处理来说……洛朗·戈代是个不事张扬、个性独立、不哗众取宠的作家。此外他还年轻。把荣誉授予年轻的天才，这原是龚古尔文学奖的宗旨。"

这位主席还说："我很高兴今年大家的注意力集中在了圣日耳曼-德-普莱以外的城市上。"圣日耳曼-德-普莱是巴黎一个古老文化区，大出版社都在那里。这个圣日耳曼-德-普莱以外的城市是指法国最有罗马文化底蕴的南方城市阿尔。凡高曾在那里与高更一起组成南方画室，留下许多杰作。比才也写过一出歌剧叫《阿莱城的姑娘》。出版《斯科塔的太阳》的南方书社只是阿尔城的一家小社，但是多年经营，书单上列有许多有品位的好书。

××××××

是什么样的一位作家，什么样的一部作品得到龚古尔奖评委会、出版社和媒体的一致好评呢？还在得奖前就售出了八万多部。这说明优秀作品只要作好推介，不用炒作也能畅销。

洛朗·戈代一九七二年出生于巴黎，父母亲是心理医生。他生活在一个平衡和谐、有良好教育的家庭。由于寓所与诊所合用同一套公寓，幼年的洛朗经常看到父母的病人身上似有两种不同的力量在冲突，精神会影响肉体做出奇奇怪怪的动作，使他以后相信"身体是精神的囚徒"。

洛朗还喜欢跟同学到市区公墓去游玩，这些墓碑与墓碑底下的什么使他很入迷。这也使他日后在作品中常有鬼魂出没，让死者与生者进行对话。

洛朗·戈代虽以小说得奖，却是写戏剧开始他的文学生涯。中学毕业后投考巴黎高等师范大学失败，同时他创作了《愤怒的奥尼索斯》（1997）。遇到斯特拉斯堡剧院创建者、导演兼演员于贝尔·吉尼乌以后，在他的指导与提携下，正式走上了戏剧创作的道路。此后几乎每年都有作品完成。《尘雨》（1997）、《中魔者的斗争》（1999）、《手上的灰尘》（2002）、《幼发拉底河的青虎》（2002）、《萨丽娜》（2003）、《梅黛·卡里》（2003）、《被牺牲的人》（2004）。

这中间，他报名参加军队，据他自己说这是他给共和国在尽公民义务，因为共和国曾给他的父亲提供奖学金，帮助他完成了大学学业。他在军队里却写出一部反战小说《喊叫》（2001）。这是一九一四至一九一八年一战时期，蹲在战壕里的几名士兵的独白，声音孤寂、忧伤，有的正在走向死亡。这是一部小说，也可以当作剧本阅读。以致斯坦尼亚拉斯·诺尔代于二〇〇四年将它搬上舞台时，甚至不需要改编！

接着第二年，洛朗·戈代推出第二部小说《宗戈国王之死》，借中非的疆土，波澜壮阔地搬演希腊的悲剧。那里集中了人类种种的险恶处境，又一次提到战争的恐怖与人性的疯狂。一位老国王，几个相互嫉妒的子女，公主的失意与得意的情人，还有几名仆人，演绎着命运的诡谲突兀。

谈到死，谈到命运，依据亚里士多德《诗论》中的金科玉律，恐怖与怜悯常常是悲剧的发条。语言既精彩又巴罗克。逆喻——矛盾形容法，是洛朗·戈代喜用的修辞，他把相反的状态、形象、风格的词放在一起，看它们怎样摩擦、燃烧、爆炸。有时确也产生奇妙的效果，有时却适得其反。但是这很受青年读者的欢迎，二〇〇二年《宗戈国王之死》获龚古尔中学生奖，二〇〇三年又获书商奖。二〇〇二年十二月，《费加罗报》发表文学评论家投票选择的四十岁以下的优秀作家，洛朗·戈代是最常提到的名字之一。这样把他推到了文学舞台的台口。《宗戈国王之死》销出了九万五千册。

251

接着一年，也就是二〇〇四年，洛朗·戈代推出了他至今最重要的作品《斯科塔的太阳》。

× × × × × ×

太阳的热量仿佛要把大地烤裂。没有一丝风吹动橄榄树的树叶……山岗的清香早已消散。石头热得在呻吟。八月的天气压着加加诺高地，无疑是一种天命……

一头驴子在土路上慢慢走，忍气吞声转过道路的每个拐角，什么东西都摧残不了它的顽固……骑在驴背上的人像受到古老诅咒的一个影子，被热气熏得麻木鲁钝，任凭坐骑把他俩怎样带到这条路的尽头……

小说一开始荒凉、凝重、神秘，空气中弥漫一种威胁，很像伊斯特伍特主演的西部片；但是这里不是美国亚利桑那，而是意大利南部普利亚地区，贫瘠得像卡洛·莱维写的《基督不到的地方》——埃博利，连大多数意大利人都不知道在哪儿。洛朗·戈代选择这块地方，因为他的妻子出生在那里，他几次随她去老家度假，那里的毒日头、红土地、剽悍的民风、保守的习俗给他留下深刻的印象。他还在小说中虚构了一个叫蒙特普西奥的小镇。

骑驴的汉子十五年前因偷盗而关进了监狱，刑满释放后第一件事要去寻找那时单恋的女子，即使为此冒生命危险也不顾。当他走到她的屋前敲门，一个女子开门后放他走进了昏暗的小室。女子眼里露出惊讶的神情后也就顺从了。外来人跟一个孤单的女子私通，这件事不幸发生在世风硗薄的村子里，在村民看来这是不折不扣的强奸，也是对他们的侮辱。男子走出小屋准备骑驴离去时，村民截住他，用石头砸他。他奄奄待毙时从别人骂声中听到，跟他做爱的女人不是他钟情的菲洛美娜，而是她的妹妹伊玛科拉塔。菲洛美娜早在他入狱后不久病死了。

伊玛科拉塔因此怀了孕，分娩后几天也就去世。婴儿只是在好心的神父唐乔尔乔愤怒干预下，才没有当作孽种弄死。私生子洛可长大后成了一个残忍高傲的江洋大盗。

就是在受命运作弄的真情与误会中，开始了斯科塔家族三代人背负着原罪与诅咒的沉重传奇。

这不是钟鸣鼎食家的传奇，而是筚路蓝缕者的传奇。洛可留下的三个子女在唐乔尔乔的帮助下，离开这片除了橄榄树以外寸草不生的土地。他们试图到新大陆去寻找机会，但是在纽约湾艾利斯岛上进关时，妹妹卡尔梅拉因健康原因被拒绝入境。两位哥哥也放弃做移民，三人带了这个秘密灰溜溜地回到他们备受歧视的蒙特普西奥。

斯科塔兄妹在家乡的沙地上茹苦含辛，靠着亲情相濡以沫地生活。人唯在爱情与死亡面前，是平等的。但是对斯科塔家人，爱情很吝啬，死亡也非常唐突。始祖吕西亚诺爱上菲洛美娜十五年，为此死于乱石下，了却他相思的则是独守空房的伊玛科拉塔。"一具尸体与一个老处女"的私生子洛可，杀人越货无恶不作，这在他是对世界的报复，他娶了个他显然不思与之沟通的聋哑女。第三代女儿卡尔梅拉是书中的主角，家族的秘密通过她的口述而保留了下来。拉法埃莱一辈子暗恋着她，晚年对她的爱情表白，她却不知道如何回答，从此也不再说话。只是在他下葬时对着他的棺盖按上一个吻。据作者说这已够使拉法埃莱在棺木里微笑了。卡尔梅拉在地震中被裂口吞没。

她的长子埃里亚失恋之下，放火烧毁母亲一生的心血，在重振家业中才得到劳动的满足和情人的爱情。次子多那托在帮助一名女子偷渡时，记下了她的名字阿尔芭，从此这个名字成为他孤舟夜航中的一颗启明星。他最后在光芒万丈的海面上，面对烈阳，如在炉火中那样熔化在海水里。

对于一生来说，这点幸福多么微不足道，但是斯科塔家族的后代保持人的尊严，忍受命运的歧视，不求上帝的怜悯，付出自己的血汗，守着自己的乡土甘心做"吃太阳的人"。生的艰辛，只有用人的豪气来化解。在人生硗薄的土壤上，欲望这朵花永远新鲜滋润。

× × × × × ×

洛朗·戈代的写作深受古希腊诗风的影响。他自有一种文笔，一种叙述方式，对简单的事物挖掘诗意，在平凡的题材里找出普遍意义。

《宗戈国王之死》写得像叙事诗，《斯科塔的太阳》更像一首史诗。语言简约，叙事则完全像在写侦探小说，各个章节一环扣一环，阅读时只希望赶快知道下一章的内容，这是一部恨不得一口气读完的小说。

到目前为止，洛朗·戈代的小说似乎比戏剧取得更大的成功。记者问他会不会今后专注于小说。他说他依然会进行这两方面的创作，"这是两个相互封闭的世界。在剧院里永远看不到出版界的人，戏剧界的人也很少阅读小说。这两者对我来说可以是一种调节。写小说可以使我摆脱对舞台的依赖。可以不用老是等待有没有人来演出我的剧本。"

我们有理由相信这位勤奋谦逊的青年作家，今后能在这两个封闭的世界穿梭自在。